做一个有境界的女子

不自轻，不自弃

晚情 著

青岛出版社
QINGDAO PUBLISHING HOUSE

图书在版编目（CIP）数据

做一个有境界的女子：不自轻，不自弃 / 晚情著．-- 青岛：青岛出版社，2018.4

ISBN 978-7-5552-6872-7

Ⅰ．①做… Ⅱ．①晚… Ⅲ．①散文集－中国－当代 Ⅳ．①I267

中国版本图书馆CIP数据核字(2018)第058833号

书　　名　做一个有境界的女子：不自轻，不自弃
著　　者　晚　情
出版发行　青岛出版社
社　　址　青岛市海尔路182号（266061）
本社网址　http://www.qdpub.com
邮购电话　010-85787680-8015　13335059110
　　　　　0532-85814750（传真）　0532-68068026
责任编辑　郭林祥
选题策划　李文峰　崔　悦
特约编辑　崔　悦
版式设计　李红艳
印　　刷　三河市航远印刷有限公司
出版日期　2018年4月第1版　2018年4月第1次印刷
开　　本　32开（880mm×1230mm）
印　　张　9
字　　数　150千
书　　号　ISBN 978-7-5552-6872-7
定　　价　38.00元

编校印装质量、盗版监督服务电话　4006532017　0532-68068638
建议陈列类别：畅销·文学

CONTENTS

目录

做一个有境界的女子 不自轻，不自弃

目录 CONTENTS

做一个有境界的女子
不自轻，不自弃

CONTENTS

目录

做一个有境界的女子

不自轻，不自弃

CONTENTS

目录

做一个有境界的女子
不自轻，不自弃

大多时候，我们遇到的人总是在不断试探我们的底线。

所以，你要明白第一次守住底线是多么重要，这会让你在未来的生活里，省去无数麻烦。

有的人每天都得过且过，
短时间内也没觉得日子变得多差，
可是几年之后就会发现，生活越来越吃力，
能够选择的权利和自由越来越少。

很多人把这种困境怪罪到男人、孩子、婚姻身上，
其实不然，
99%的困境，其实是自己造成的。

我们从小都被教育要善待别人，

可是长大后，

你才会发现这条准则并非适用所有人，

只有面对成熟稳重的人，

你才能好好对待他，才能建立健康的沟通模式，

而对于心智不成熟的人，这一条完全不适用。

当　我们

见识到对方的

那些缺点，

却依然不改初衷，

愿意和对方

一起

经营成长，

那才是成熟的爱。

我们努力，就是为了永远不失去选择权，无论生活给我们什么样的考验，我们都不会一蹶不振。

女人经济独立、思想独立、生活独立的最大意义是：她可以选择自己喜欢的生活方式，也可以拒绝自己不喜欢的一切。

成熟的人都明白一个道理：
没有谁能替我们负重前行一辈子，
父母会老去，爱人亦有可能先走，
再幸福的人，
一生当中，
都会有一段时间独自前行。

不管现状多差，
不管困难多大，
从今天开始，
只要你不自轻、
不自弃，
总有一天，
你会过上自己想要的生活。
当你认定这一点时，
全世界
都会为你让路。

不要把希望寄托在男人的良心发现上

前段时间认识了一位太太，得知我有一个情感公众号，就让我把名片推送给她。

几天后，她发消息给我：晚情，为什么你的平台叫“倾我们所能去生活”？

我说大概是因为我希望每个女人都能尽自己最大的努力，去过好这一生吧！

她说这几天她看了我的不少文章，发现我的文章挺犀利的，大多是鼓励女人要经济独立、人格独立，要有尊严有底线。为什么不多写写婚姻中的男人应该如何做得更好，比如多疼爱老婆、迁就老婆这些?

我笑着说，如果写这样的文章真的能让男人变成一个好老公，我保证天天写啊！事实上，我以前也写过不少。

从前，我的文章比较感性，我希望这世上所有的男人都能成为好老公、好爸爸，希望他们能善待自己的女人，不要伤害她们。

直到有一天，一位读者给我留言说：晚情姐，你的文章写得很好，可是到底有多少男人会看到呢？又有多少男人会因此改变呢？我觉得看文章的大多是女人，她们看了之后会觉得暂时被抚慰了，可是回到现实生活中后，日子还是那样的日子。

这番话深深地触动了我，我的平台有百万粉丝，从后台的数据来看，男女比例确实悬殊，女性读者占百分之八十以上，而男性读者只有百分之十几。

所以，正如那位读者所说，看这些文章的大多是女人，尤其是遇到感情问题的女人，她们希望在文章中得到慰藉，也希望这些文章能帮她们解决问题。

可事实呢？愿望是美好的，现实是残酷的，不管有多少文章帮她们诉说了女人的不容易，帮她们呼吁男人要重视她们的付出，她们的状况一点也没有改善，问题依然没有解决。

因为，把解决问题的关键寄托在男人身上，本来就不靠谱，等待别人良心发现，那是非常被动的行为。你需要的圆满都需要他配合，如果他不配合，你根本毫无办法。

后来，我的文风和主题就都变了，变得犀利，不再写那种感动自己、感动女人的文字，而是以独立和自我完善为主。

因为我发现，一个男人，既然忍心对自己的女人不好，又怎么会因为别人的三言两语就突然醒悟，从此变成好男人呢？当然，我们不排除有这个可能，但这种概率有多小？我想和中彩票差不多吧！

所以，网上那些“请善待你的妻子”“请珍惜你的妻子”等文章，真正在看在转发的大多是不被善待不被珍惜的女人，因为内心有这个需求，所以会有共鸣，但那些不善待妻子的男人，一来不会去看这些文章，二来内心强大，根本不会受这些文章影响。

这么多年来，我们不得不面对一个现实：这世上，成熟感恩的男人不多，劣根性严重的男人却占绝大多数。

当然，这个成因是复杂的，既有他们自己的原因，也有太多女人低自尊低要求的原因，还有社会大环境的原因，最终出现了这个现象。

比如出轨，多少女人因为老公出轨，天天以泪洗面，痛不欲生，难道她们的老公看不到吗？不可能，他们知道自己的行为会给对方带来多大的痛苦，也知道自己不应该去伤害老婆。

但他们依然不会断了出轨的念头，女人的眼泪、女人的痛苦，根本不足以让他们停止这种伤害行为；女人的付出、女人的隐忍，也无法让他们回头，因为你的痛苦和眼泪，没有他自己的满足来得重要，更因为他们知道，即便他们出轨了，会离婚的女人很少，大多女人会为了面子或孩子而选择隐忍，他们需要付出的代价很小，甚至没有。

很多女人想知道，到底怎样做，男人才会忠于婚姻。答案其实很简单，当他背叛婚姻需要付出沉重的代价时，他才会望而却步。否则，如果背叛婚姻后，事业毫发无损，财富不会缩水，老婆依然在侧，只不过是多了一个能够重燃他的热情的女人，他为什么要苦苦压抑自己？

再比如，很多男人虽然没有出轨，但他们在婚姻中的表现，同样令人发指，对太太恶声恶气，对家务从不染指，对孩子不闻不问，难道他们不知道太太需要他们的温情吗？不，他们知道，但他们更知道这么多年这么对你，你也接受了，他们为何要辛苦转变，做一个十佳老公呢？

很多女人都在求助，怎么才能改变老公。我相信不少女人干过这样的事：转发“你老婆为你生孩子，为你洗衣做饭，为你照顾父母，请珍惜她的付出”这样的文章，但我相信，基本上不会有人成功。

因为，对太太不好的男人，他早就在内心说服了自己，几句话、几篇文章，怎么可能改变他？他只会觉得写这些文章的人很可笑，转发这些文章的人更可笑。

确实，如果他们这么容易受教，这世上就没有渣男了，即便有的男人一时被触动良心发现，往往也不长久，过不了几天就会被打回原形，因为内疚这种情绪不会持久。

但他们是不是真的就无法改变呢？不是，有很多姑娘和我说，老公最近真的变了，变得比以前好了，开始懂得尊重她了，也会心疼她了。

这些男人转变的背后，基本建立在这样的基础上：

原先女人一直待在家里，没有收入，仰人鼻息，可是现在拥有了自己的事业，无论是收入还是生活圈子，都和从前大不一样，男人开始看到她的能力，更看到了她的魅力，所以开始重视她。

原先女人一直忍辱负重，只有义务，没有权利，可是现在她不愿意隐忍了，开始重视自己的感受，提高自己，为独立的人格和经济努力，不再害怕离婚。男人感受到了她的变化，更感受到了她的决绝，知道自己再像以前一样，她不会再纵容自己，于是，不得不调整自己的行为。

所以，想改变自己的处境，不要把希望寄托在男人的良心发现上，这个太虚无缥缈，真正的关键在你自己身上，你的资本、底气，才是决定他如何待你的关键，即便你脱胎换骨后，他依然如从前一样过分，你也不是当初只能被迫接受的你了，你进可攻退可守，早就不必活得如此委屈。

“结婚就能白头偕老”的年代已经结束了

早上，朋友S低落地给我打电话，说知道我在国外过年，一直没来打扰，事实上，这个年对她来说无比难过。

我问她怎么了，她说过年前和老公吵架，结果老公离家出走，独自去外面旅游了，前几天他发来消息说这段时间在外面已经想得很清楚了，人生苦短，不想在这样的婚姻里消耗一生，他要去过自己想过的生活，希望和平离婚。

我一愣，过年离家出走？然后，我很俗气地联想到了婚外情。

S似乎猜到了我的想法，说原本他这样做，她的第一反应就是老公在外面有人了，可是这段时间她追查打听了很久，都没有发现任何女人的踪迹，老公也说他根本没有别的女人，只是不想再过这样的日子而已。

她低落地对我说："你说我该怎么办？结婚快二十年了，孩子也老大不小了，要说他真有了'小三'，我也能狠狠心离开，可是我们之间没有'小三'啊。我试着跟他谈过好几次，他态度非常坚决，你说我到底做错了什么，他要这样对我？"

S不愿意面对现实，但我多少理解她老公的想法。客观地讲，S的老公真的属于一个好男人，赚钱能力不错，赚来的钱，除了留下基本的零花钱，全部交给S管理，上班以外的时间，要么带着孩子出去玩，要么帮家里做家务，除了偶尔喝点小酒，真的没什么其他恶习。平时家里的事都是S做主，他自己想做的事，只要S不同意，他也就放弃了。

S平时虽然也会抱怨老公，但是我知道，她心里对老公还是很满意的。S从来没有想过，这样的老公，会想要离婚。

可是，我心里也清楚，这样一个本分的好男人，没有任何婚外情的外力作用，却提出了离婚，多半是很难扭转局面的，这可能是一个量变积累到质变的结果。在我看来，这一次，S能挽回的希望是不大的。

S说："他跟我说，这些年过得很压抑，觉得透不过气来。我有那么差劲吗？跟我妈比，我已经很好了，可是你看，我爸就安安分分地和我妈过了一辈子，也没见他说要离婚什么的。”

我叹了口气说：“你爸和你妈的年代不同啊！”

事实上，我想说的是如果S的父母在现在这个年代的话，不知道离婚多少次了。

S的妈妈在我们这里挺出名的，那是一个连城管都要让她三分的女人，其泼辣和强势程度，是有目共睹的。

S的妈妈曾经开过一家店，卖些日常生活用品，为了更好地展示货品，她妈妈把过道的一大半都占了，城管过来检查时，自然不允许这样摆，但她妈妈以自己的泼辣和蛮横，使得城管都不得不妥协，最后哀求她说：“大妈，我们也有上级领导要交代，要不这样，特殊的那几天，你配合一下我们的工作，把东西收回去好吗？”

S的妈妈拽拽地说：“看你们也挺不容易的，我就做做好事吧！”

这就是S的妈妈，一个令城管都无可奈何的女人，自然，她在家里也是说一不二的。据S说，小时候爸爸还是会反抗的，有一次被她妈骂急了，她爸一怒之下把她妈推倒在地上，她妈起来就把她爸的脸抓花了。

后面的几十年里，她妈妈越来越厉害，她爸爸越来越沉默，到最后，她爸爸基本上处于一言不发的状态，家里大小事情全部是她妈妈做主，稍微有点不顺心，她妈妈就会骂全家，而她爸爸基本就是一尊蜡像一样的存在，毫无生气，沉默寡言。即使这样，他们也白头偕老了。

和妈妈相比，S自然要好很多，起码她不会跟老公动手，也不会每天撒泼打滚，可是不得不承认，S也继承了她妈妈说一不二的强势性格。当然，这一点她只对老公使，对我们这些朋友，还是挺正常的。

所以，S委屈地跟我说："我妈这样，我爸也没有说过要跟她离婚。我做得比我妈好多了，我真的从来没有想过他会跟我提出离婚。"

我相信S的话，可是婚姻中最大的问题，就是笃定对方绝对不会跟自己离婚，一旦形成这样的想法，就会认为无论自己做得有多差，对方都会跟自己白头偕老。这种自信，对婚姻而言犹如毒瘤。

抱有这种想法的男女，在婚姻里不会想着要做得更好，也不会注重伴侣的感受，更不会想着让自己成长。因为对婚姻的笃定，所以他们放弃了成为更好的自己的可能。

确实，这种想法在以前大多是成立了，远的不说，就说二三十年前，夫妻打打闹闹的不在少数，凑合过日子的更是比比皆是，可是离婚的寥寥无几。就好比S的父母，不管婚姻生活如何，从来没想过要离婚。

所以，那时候的离婚率很低，可是婚姻质量高的同样很少见。对于男人而言，喝酒打牌，不求上进他也不怕，反正已经有老婆了，不管怎么样，她都不会离开自己的，嫁鸡随鸡嘛！对于女人，强势泼辣，唠唠叨叨，她也不怕，反正已经结婚了，不管怎么样，都会过一辈子的，男人若是抛弃糟糠之妻，口水还不淹死他？

可是，时代不同了，从前管用的夫妻相处模式，现在已经不好用了。以前的婚姻，生存是第一位的，对精神的需求没有那么强烈，当时的大环境也不支持他们果断地离婚，甚至到了实在过不下去的地步，也很少有人会想到通过离婚来解决问题，大多是继续熬着，熬到花甲古稀时，一生也就这样过了。

但现在的人精神追求已经超越物质追求，社会大环境对离婚这种事也宽容多了，外面的诱惑也多了不少，婚姻的不确定性大大增加，以前的观念已经不适用了。不管有多少人怀念结婚就是一辈子的时代，都无法阻止社会的车轮滚滚向前。

有人说，现在的女人太没保障了，男人动不动就外遇了，就离婚了。其实离婚的权利，对于男女双方是等同的，男人不愿意延续婚姻了，可以提出离婚，女人若是觉得自己的婚姻一无是处，同样可以选择结束。

任何一件事，都有AB两面，离婚自然不是什么值得庆贺的事，但从另一方面讲，离婚的影响小了，使得很多人敢对不幸的婚姻说“不”了。不管婚姻法如何修正，时代如何变迁，那些幸福的婚姻是不会受影响的，因为他们根本不会去考虑离婚。

千万不要一直抱着“我从来没想过他会跟我离婚”的念头，在当今社会里，想要白头偕老，光靠那张结婚证是没有用的，而是需要男女双方用心去经营婚姻、呵护爱情，让对方在婚姻里感受到温暖和安定，看到对方的不断成长，并且相互扶持、相互陪伴和成长，这样的婚姻，才能真正白头偕老。

这世上，没有十全十美的老公

有位读者尖锐地问我："晚情，经常看你在文章后面的PS里写一些你和你老公之间的互动，感觉你们俩又有趣，又有爱，可是我很怀疑，这世上真有这么完美的老公吗？还是你故意编的呢？"

我回答说："我从不认为这世上有十全十美的男人，包括我先生，他也不完美，他身上的缺点，一点也不比其他男人少，估计如果把他送给你做老公，你也未必满意。只是我明白一个道理，婚姻中没有谁是十全十美的，多看对方的优点，才是经营婚姻的法宝，至于缺点，只要不是出轨、家暴、赌博这些人品上的瑕疵，爱是可以调和的，因为我们自己也不是十全十美的，那么，又何必对对方太苛刻呢？”

她说：“你说得挺有道理，果然境界比我高，只是你是怎么做到的呢？我看见我老公的那些毛病就忍不住发飙，所以我们经常吵架，每天鸡飞狗跳的，实在好累。”

其实，刚结婚时，我也经历过一段很长的不适应期。

首先，我们的成长环境不同，他自小生活在大城市，我从小生长于小县城，我们的生活习惯和消费习惯大不相同。

他有轻微的洁癖，这点遗传自我婆婆，早晚两次澡，夏天如果外出，可能洗三四次，洗手更是无法计数。

我个人觉得我的卫生习惯挺好的，但在他眼里就很成问题了。每次一从外面回来，我想稍微休息一下，他总会在旁边催促“你不去洗个澡吗？你不去洗个手吗”，我要是想拿个什么东西吃，他就会问这东西洗过了没。

心情好时，我比较配合，若赶上我很累或者心情不好的时候，我就会很恼地回敬：“你是唐僧转世吗？叨叨叨的比我妈还烦。”

至于消费习惯，我们简直性格互换，他很喜欢逛商场，喜欢什么都会买回家，而我比较像男人，没用的东西基本不买，逛街也比较有针对性，不喜欢乱逛。所以，我们家里的东西基本上都是他买的。

有一次，他又搬回一个健身器，在房子里绕了一圈，郁闷地对我说：“我觉得我们的房子太小了，东西都没地方放，才搬进来两年，怎么感觉这房子这么挤呢？”

我翻了个白眼，悠悠地说：“架不住有人天天往家里搬东西啊，什么拉筋器啊、打坐蒲团啊、艺术凳啊，再大的房子迟早有一天都得塞满。”

他听完，默默地把他的器材拖到了阳台。我看着那堆在我眼里毫无用处、又浪费钱又占地方的东西，必须在心里默念三遍“他自己赚的钱，爱怎么花都可以”，才能控制住自己数落他的冲动。

其次，他工作忙碌，在家的时间很少。

很多女人受不了男人经常不在家，哪怕为了事业，因为女人感性，有时候可能受了什么委屈，心情不好，有时候可能是身体不舒服，就特别希望男人在家，即使他不能解决问题，在身边陪着也是好的。

所以，异地夫妻出现问题的概率往往更高，因为你需要他的时候，他基本上都不在，于是，失落和怨气就积累起来了，进而爆发吵架，直至影响感情。

我们虽然不是异地夫妻，但其实很多时候也差不了多少，最夸张的一次，在八个月的时间里，他只陪我过了两个完整的周末。每次我需要他陪我一起干个什么事的时候，他总要先查日历，明明确定好了时间，后面要是插进来什么事，就会一改再改。

即便他在家，因为出差太累，应酬太多，我希望他陪我说说话时，他总是一脸歉意地说："今天实在太累，早点休息，明天我再好好陪你。"

但到了明天，我往往已经没有昨天的兴致了。

而我最受不了的是我们的爱好不同。

当初装修房子的时候，我们为了彼此离得近一些，我的书房和他看片的房间只有一墙之隔，而他喜欢大片的特效，声音弄得震天响，这是我最讨厌他的时候。要知道每一个写作的人，最恨的就是灵感被赶跑，灵感被赶跑的时候，我离婚的心思都有。这时候我就会想，如果我一个人生活的话，多自由，多安静，现在耳朵边不是枪林弹雨就是震耳特效，简直想死。

还有，他在生活中过于心软，基本属于吃亏那一方，而结婚后，我们是利益共同体，他吃亏等于我吃亏，每次看他心太软，我就抑郁得要死，要是换成我，别人哪能得逞？

那时候，我大哥很关心我的婚姻生活，而我一般都在跟他诉说婚姻不便的地方。

我大哥是个极度睿智的人，总能把我引回正途。

他说：“小妹，你这种心态不好。婚姻嘛，哪有十全十美的，你应该多想想他好的地方啊！他喜欢干净不是挺好的吗？如果他邋里邋遢，以你的性格更加受不了，说不定没过多久你就嫌弃他了；他喜欢买东西，起码说明他对生活挺有要求；至于他忙，陪你的时间少，对你来说确实挺委屈的，可是你反过来想想，如果他天天待在家里，毫无事业心，你是不是更抓狂？其实你不是男人，不知道经常出差很累的，他努力工作也是想多赚钱，让你过得更好一些。你想想看，你想要什么东西，他都尽力满足，你应该更体贴他啊！如果你觉得自己太空，正好可以做自己想做的事。

“至于他影响你写作，也不是什么大问题，他看片的时候，你尽量做些不重要的事，如果实在有灵感想写，就把你的需求告诉他，让他去电影院看。真正消磨感情、扼杀婚姻的，往往不是出轨和家暴，而是这些生活小事积累的不满。你要学会沟通、包容、体谅，多想想他的好处，这对你的婚姻很有帮助。”

我听进去了，开始去看他的优点。

以前单身的时候，我的房间总是一团乱，可是和他结婚后，家里永远是干干净净的，连我身边的闺密都不相信，我现在的房间居然如此井井有条。

我生性自由，不喜欢被束缚，他给了我极大的自由，无论是做自己喜欢的事，还是在要不要孩子这些重大选择上，他总是给我无限包容，不会给我一点点压力。

虽然他很忙，但他所有的收入全部让我自由支配，无论我想干什么买什么，他从来不会反对，甚至都不会过问一句，给我无条件的信任。

虽然他总吃亏，可是他为人厚道，从来不会和我耍心眼，即使我们吵架的时候，他也不忍心拿话刺我，这么多年，他从来没有对我发过脾气，哪怕被我逼到退无可退，最多也是出去冷静一下。

这么一想，我的心顿时就软了，那些让我不爽的地方，也就没那么严重了，我开始去理解他、包容他。

事实上，谁也不是傻瓜，我的转变他感觉得到，我的迁就，他也懂，所以，他也主动配合我的习惯，包容我的那些缺点。

一直以来，他都是以欣赏的眼光看我，而我是在我大哥的提醒下才学会这一点，我们在婚姻里，终于学会了用欣赏的眼光看对方。

不得不说，婚姻还是同一个婚姻，爱人还是同一个爱人，但心态的转变，简直一念地狱、一念天堂。

现在，我基本忽略他的缺点，只要他待我好，对家庭负责，那些小小的毛病有什么关系呢？谁还没点缺点？

所以，我对他越来越满意，并非他真的很完美，而是我把他的优点尽量放大，缺点自动忽略，所以，我们的感情越来越好。当感情好了，不用勉强自己去包容去体谅，那是一种自然而然的行为，一点都不用强迫自己。

很多女人结婚后，基本都对老公不满，其实换种心态、换种做法，可能结局完全不同。

但有一点需要注意：如果你包容体谅对方，他懂得珍惜领情，那么，你们的婚姻生活会越过越有滋味，但如果你包容体谅对方，他却得寸进尺，你必须让他明白，你之所以这么做，是因为你爱他、珍惜这份婚姻，而不是你离不开他，可以任由他毫无底线地对待你。

“第一次”到底有多重要？

先给大家讲个真实的事，是我亲身经历的。

有一次，我去选翡翠时，看到很多珠链，品质不错，性价比也高，就试着拿了两百条，晚上回到酒店后，就发了一下图片，没想到一个小时不到，就被抢完了。

很多人告诉我，之前在商场看到都是几千一条，没想到几百就能买到，所以有的一下就买了十来条，送给身边的亲戚朋友，没有抢到的宝宝就很郁闷，问我还会不会有。

我说：“不要担心，明天我再去拿一批回来就是。”

第二天，我兴冲冲地过去，说昨天的珠链再拿几百条，老板说没问题，麻利地拿出来让我挑，临到付款时，她却跟我说一条要比昨天贵二十块钱。

我惊讶地问："为什么？价格不是和昨天一样吗？"对方狡辩道："翡翠一直在涨价啊！"

面对这样做生意的，我真想扭头就走。我自己也是做翡翠的，岂会不知道翡翠的涨跌程度？若是一个月后她跟我说每条要涨二十块钱，我还能理解，但只隔了一晚上，这明显就是坐地起价。

我说："也不至于一晚上就涨价吧，何况是同一批货，这样做生意，就没意思了。"

对方继续狡辩道："不是同一批了，昨天的已经卖完了，这批是新的。"

昨天挑那两百条时，我是反复比较，一条一条挑出来的，是不是同一批货，我清楚得很。

想到已经答应了很多人，今天一定会有的，我按捺着性子问她："如果你还是昨天的价，我今天再拿两百条，如果你非要这样做生意，那就算了。"

对方扭扭捏捏地说："你生意这么好，也不差这二十块钱对吧，反正你进价贵了，卖价也加上去就是了，客人也不在乎多出二十块钱啊，她们要是去商场买，都得几千一条呢！"

我冷笑道："我不是你，不会像你一样做生意，做不出来一晚上就涨价的事，客人愿意接受，我也过不了自己心里这一关，哪怕我的进价确实贵了二十块钱。"

最后，她让步道："那就一条加十块钱吧，反正你生意好，不在乎这点钱是不是？"

我摇摇头，走了。

后来，我在另外一家拿了几十条，刚好够给已经答应的宝宝们，其实一条也比之前进的贵了几十块钱，不过品质更好一点，也算值得。

我还是按之前的价格给了预订的宝宝，也没有告诉她们中间有这故事，基本上算是义务劳动了，但我心里高兴。

第二次，我又看到这些珠链，她再次向我推荐，我笑着摇摇头走了，她在我身后叫我："我以原来的价格给你呀！"

我在心里叹了口气，说："不用了。"她非常不解："这些珠链在你那里那么受欢迎，你怎么不拿啊，你跟钱有仇啊？"

我笑道："我们的理念不同，有些钱，我宁愿放弃，也不想赚得闹心。"

她不敢苟同地看着我，说了一句："我发现你挺傻的。"

后来，经济低迷，各行各业都受了影响，但云意轩没有，而且越来越火爆。

我再去时，她显然生意不好，对我说："拿一些吧，我一条比原来的价格再便宜十块钱给你好不好？"

我看了她一眼说："给我拿三百条，但你不用一条给我便宜十块钱，按原来的价格吧！"

她有点不好意思了："为什么啊？给你便宜你也不要吗？"

我说："现在市场低迷，大家生意都不好做，我不想趁火打劫，我只希望彼此真诚合作，未来你跟我合作久了，就知道我的个性了。"

从那以后，她再也没有做过一夜涨价的事，每次有了品质好的东西，都是先通知我去挑。

今年，她跟我感慨道，前两年市场低迷，但是今年涨了不少，原石真的贵了很多。

她说的是实情，我也知道因为有之前的事，她不敢轻易告诉我要涨价了，我主动说："我知道你现在成本也高了，这批我每条加二十块钱吧！"

她很高兴地说："跟你合作，真是开心，不用耍心眼，晚上请你吃饭。"

讲这个故事，是因为这段时间有很多姑娘向我求助，她们善良又肯付出，一门心思地对待老公和婆婆，为什么他们就是不尊重自己，把自己的好当成欺负自己的工具呢?

听完她们的诉说，我基本只剩下感慨，她们的遭遇，几乎从第一次就注定了。

人与人之间的相处，第一次尤其重要，尤其是第一次有矛盾、第一次触碰底线、第一次的解决方式，大半已经奠定了未来相处的基调。

就如我拿珠链那一次，如果我接受了第一次莫名其妙的涨价，那么肯定会有第二次、第三次，直到我自己精疲力竭为止。

到时候我要反转，千难万难，因为我已经妥协惯了啊，对方肯定坚信我会再一次妥协。

所以，不管舍弃多少钱，在第一次我都会拒绝，那是为了让对方明白，什么是我会接受的，什么是我不会接受的。

但很多姑娘的做法，恰恰相反，当对方第一次得寸进尺时，姑娘往往觉得也不是很过分啊，就答应吧!

比如第一次被婆婆欺负时，不好意思反抗，怕影响家庭和谐，怕让老公对自己有不好的印象，于是，选择隐忍和妥协。

比如老公第一次不把自己当回事时，担心吵架老公就更不喜欢自己了，于是连为自己守住底线都不敢，默默地选择以和为贵。

但她们不明白，一个会逼你妥协的人，这样的行为绝不会只有一次，只要你第一次妥协了，那么一定会有无数次等着你，等到那时，你再反抗，才是真正的分崩离析。

这些人最缺乏的就是一开始勇于面对和解决的魄力，更缺乏长远的眼光，预见不到之后的发展和结局，往往被逼到山穷水尽了，都不知道到底哪里出了问题。

真正的原因是：你在第一次的时候失去了底线。

所以，聪明的姑娘都懂得，在最初的时候，就该以实际行动让对方明白，什么叫底线和尊严。

但是请记住：并不是对每个人都要用这种心理博弈，有两种人除外。

一种是非常善良敦厚的人，对这样的人，你亦善良厚道即可，任何博弈都是多余；一种是非常成熟豁达之人，这样的人本身就已经克服了人性的劣根性，懂得共赢的道理，任何博弈，在他们眼里都是小儿科，只会起反噬的作用。

不过，这世上，这两种人是少数，大多数时候，我们遇到的人总是在不断试探我们的底线。

所以，你要明白第一次守住底线是多么重要，这会让你在未来的生活里，省去无数麻烦。

聪明的女人，绝不守婚

阿眉是我认识的一个网友，在我大学时代我们就认识了，当时她三十不到，我们一起玩游戏时非常开心。她脾气很好，性格大方，加上年纪比我大，一直很照顾我，我也很喜欢她。

我们有一个游戏群，大家关系都很好。那时候，她的婚姻挺幸福的，家里条件也不错，还没有孩子，在政府机关上班，空闲的时间比较多。

大概认识两年后，有一天晚上，她找我一起玩游戏，玩了一会儿后，她告诉我今天心情不好，只想打发一下时间，但发现玩游戏更加没劲，想和我聊会儿天。

那天晚上，阿眉告诉我：“情情，我以前对你有所隐瞒。”

我有点迷茫，心想我和她经常语音聊天，也经常视频，她能隐瞒我什么呢？再说了，我只是一个穷学生，也没什么地方值得她隐瞒啊！

那天，阿眉详细地给我讲了她的故事。

她刚毕业那年，就嫁给现在的老公了，之前她说老公家里条件不错，其实有所隐瞒，事实上她老公家里不是条件不错，而是当地的首富。当然，这个首富并非大地方的首富，而是他们那个小城里的。婚后，因为没有孩子，又很无聊，她公公就利用关系给她安排了份体面的工作，也无所谓工资多少，工作非常轻松，别人也知道她的家庭情况，基本上不会来干涉她，所以，她的时间非常自由。

在很多人眼里，她无疑是幸运的，一毕业就嫁入富豪之家，日常有保姆伺候，一点生活压力都没有。

起初，她也是这么以为的，老公对她不错，每个月都给她很多零花钱，她基本都花不掉。

可是，这种状况只维持了三年，三年后，她老公爱上了别人，对她的态度不复从前。那时候年轻，她直接提过离婚，但公公不答应，夫家在当地有头有脸，离婚可不是件光彩的事，所以公公告诫儿子，不准在外面胡来，同时也让她尽快有个孩子。

那时候，她老公唯一惧怕的人就是他父亲，父亲发话，他不敢不从，于是向她道歉，表示以后会好好待她。

阿眉放弃了离婚的念头，公公婆婆虽然有权有势，但平时对她是很不错的，实实在在拿她当儿媳妇看待，尤其是公公，对她更是没的说，经常为她教训自己的儿子。

阿眉听从了公公的话，并于第二年生了一个儿子。有了孩子后，她老公确实收心很多，晚归的次数大为减少，对这个儿子也是疼爱有加，公公婆婆对阿眉和孙子比从前更好。

阿眉心想，公公婆婆毕竟社会见识广，他们又是真心对待自己，也许听他们的没错。

有了孙子以后，公公经常对儿子耳提面命，要他以家庭为重，阿眉的日子仿佛回到从前，孩子有月嫂和保姆看顾，阿眉只需要经常逗逗他，日子过得很轻松。

而我也大学毕业了，我们很少再玩游戏，基本以聊天为主。

后来，她公婆陆续去世，孩子渐渐长大，我也慢慢成熟，因为隔着网络，很多话她不能和现实中的人说，却能毫无保留地对网络另一端的我倾诉。

在她近四十岁时，她老公又出轨了，这一次，她老公动了真情，要为了那个女人和阿眉离婚。

和第一次完全不同，这一次，阿眉一点都不想离婚。

一来自己已经将近四十岁，二来孩子也大了，三来她绝不愿意把自己的一切让给别的女人，所以，她说哪怕他再出轨，她也不会离婚。

好在她老公还顾及身份、面子和孩子，见她不肯离婚，也没逼迫，只是回家的次数日渐减少。

她暂时守住了婚姻，只是她并不快乐。我问她下半辈子是不是打算这样过下去，她叹了口气说："不知道，也许等他在外面厌烦了，就会回来吧！"

我不知道这种做法到底对不对，但每个人都有自己的坚持与苦衷，别人也不好说什么。如果最后能如她所愿，也许对她而言，也是安慰。

但前不久，好友给我讲的一个故事，让我又想起了阿眉，又开始为她的结局担心。

好友说，她有个朋友，长期处在出轨的婚姻里，守着一个名存实亡的家，老公除了过年回来一下，平时早就和"小三"住在一起了。

但她不肯离婚，说只要她一天不离婚，"小三"就永远是

“小三”，她要让对方一直被人唾弃，让对方的孩子成为私生子，永远见不得光。

如今，她已经守了整整十二年，如果不出意外，她可能就这样守一辈子了。这十二年里，男人多次提出离婚，由于她一直不同意，也就没有离成。

她一直以为，只要自己不松口，这场婚姻就会一直维持下去，对方只能做一辈子的“小三”。可是，在她年近五十时，发生了一个意外，“小三”怀孕了，并且生下一个儿子，她老公有些重男轻女，而她生的是一个女儿。

为了让儿子名正言顺，她老公再一次提出离婚，她当然不同意，男人和她多次沟通无果，又急于给小儿子一个正大光明的身份，就起诉离婚了。

第一次，因为她极力反对，没有判离。六个月后，男人再次起诉，这一次不管她怎么说，法院还是判了他们离婚。

拿到判决书的那一天，她怎么也不肯相信这个事实，这个结果对她打击太大了。要知道，这么多年以来，就是不离婚这个信念支撑着她，她一直认为，只要她不肯离婚，这婚就离不了，可现在还是离婚了。

好友说：“其实我挺不理解这些守婚的女人，有意义吗？白白浪费自己的大好时光而已。而且，结婚要双方同意，离婚又不是你一个人不想离就可以不离的，只要对方真的想离，你想守也守不住。”

有人和我说，百度有个守婚吧，里面都是一些婚姻不幸的女人，她们结成一个团体，相互安慰相互鼓励，誓要守住自己的婚姻。有不少女人已经守了十多年，有的在等待男人在外面玩不动了回归，有的是不想让“小三”好过。

可是亲爱的，最不好过的那个人是你啊！守婚的日子，还不如守寡，守寡起码不会有人天天在你心里插上一刀，不会有人不断伤害你，不会看不到一点点希望。

聪明的女人，绝不守婚，一来她们知道男人的心一旦失去，空留一个躯壳已无意义，二来她们明白婚姻讲究的是你情我愿，即便你想守婚，也得对方永远配合你。如果对方半途撤退，你想守也守不了，那么，何必搭上自己的尊严和宝贵的时间呢?

即便守来了又如何？你真的那么需要一个年老体弱、疾病缠身，一生都在伤害你的男人吗?

千万别去迎合低层次圈子

Z是我曾经的同事，比我晚一年进公司，情商挺高，会说话会做人，所以在部门里人缘不错。

她们在大办公室里工作，休息时间大家就在办公室里分享零食，相互交流一下公司里的八卦。大家职位差不多，收入差不多，关系非常融洽。

后来，部门里有一个升迁的机会，几个女孩子都报名了，Z进公司的时间最短，不符合公司规定的最低年限。

她想报名参加，又担心自己连最基本的要求都不符合。部门里都是竞争者，她不好和她们商量，就跑来问我意见，我说想去就试试，上不去也不丢脸。

Z本身就非常想去，就差个人鼓励鼓励她，于是，回去她就开始积极准备了。

大概Z平时很注重和领导互动，也很懂得在领导面前留好印象，最后，她PK掉其他人，抓住了这个机会。

但没等她高兴两天，就发现部门里的人开始排挤她，大家吃饭不再喊她，聊天也不再带上她。好几次，只要她插话进去，别人就散场了，她努力找话题，可没一个人接茬。

那段时间，我经常听到关于Z的差评，主要来自她部门里的同事，她们说Z之所以胜出，是因为善于拍领导马屁，平时对别人热情都是有目的的。

这些话，或多或少传到了Z的耳朵里，所以，她升职后的日子很不好过，情绪低落，饱受排挤与非议，一个人孤零零的，像被人遗弃的小猫。也就是那时候，她和我走得很近，因为在部门里，没有人愿意搭理她。

为了和其他同事搞好关系，她费了不少劲，比如经常买水果零食到办公室，希望大家看到她的诚意，但是大家对此反应冷淡，她只好一个个分，但别人不是说自己不爱吃这些，就是虽然收下了，最多客气而疏远地说一声谢谢。

她升职加薪后第一个月的薪水发下来，就主动请大家吃饭唱歌，但去的人寥寥无几，大家不是说家里有事，就是说自己要出差，但轮到别人请的时候，往往一呼百应。

那时候，另一个同事姗姗刚从别的部门调过来。一般来说，新到一个部门都需要时间融入这个圈子，不知道是不是为了打击Z，大家对姗姗特别友爱，吃饭往往主动叫上她，聊天也会把她拉进来，大家依然聊公司里的八卦，分享零食，唯独把Z排除在外。

姗姗很快就感觉到大家对Z的排斥，于是她也主动和Z划清界限，迅速加入那个大圈子里。

Z可以说是完全被孤立了，看着别人对待姗姗的热情，再看看大家对自己的疏离，这种落差让她非常难受。

她跟我说："我真的很想像以前一样和她们好好相处，但是我不知道怎么做才有用。"

我看着她拼命取悦讨好别人的样子，替她累得慌，一针见血地说："你怎么做都没用，乞丐不会嫉妒首富，但一定会嫉妒隔壁每天收入比自己多的那个乞丐，这就是人性。越是低层次的圈子里，这种人性特征越明显，若你再一副没有对方认可就百般难受的样子，那么对方越不会让你如愿。如果我是你，我会顺其自然，争取更高的位置，时间和成就才是最好的解决办法。"

不知道是我的话起了作用，还是Z也没有更好的办法，从那以后，她开始独来独往，把更多的时间投入到工作中，也不再因为大家的排斥而耿耿于怀。

自然，关于Z的流言蜚语更多了，当她努力工作时，别人说她是为了表现给领导看，当她独来独往时，别人说大家终于看清了她的真面目，没人愿意和她来往。

也许是这些话听多了就不在乎了，Z不再努力取得大家的认同，默默承受着这一切。那时候我有点同情她，谁不希望自己有更好的发展机会，谁不希望自己收入更高？何必呢！

于是，我们成了好朋友，不过她再也没有向我倾诉被人排挤的郁闷。

一年后，公司打算成立几个新部门，要培养一批年轻的管理者，但必须有实践经验，于是，她申请调往外地，彻底离开了这个圈子。

三年后，她回来了，被委任为新部门的负责人，曾经不喜欢她的那些同事，都热情地和她打招呼，以前的那些事仿佛都没有发生过。是啊，时间就是最好的解决办法，而现在的Z已经高出她们太多，再去比较排挤也没有意思了。

Z也热络地回应，却不再想进入曾经的圈子了，不是势利，更不是报复，而是那个圈子已经不适合她了。

她有了更高层次的圈子，大家聊的话题不再是公司八卦，也不是什么影视剧，更多是如何提升自己、如何进行资产再投资、如何提升领导力等。

她对我说：“女人，你知道为什么我和你走得比较近吗？”

我臭屁地问：“因为我人品比较好？”

她呸了我一声说：“才不是，因为当时没人愿意理我，只有你还肯理我，我没的选择啊！”

我翻了几个白眼，Z发了几张照片给我，是她买的一座玲珑墅，前面有个小小的院子，她正坐在椅子上看书晒太阳。

看着Z惬意的样子，我有点感慨，其实当年大家起点差不多，如今多年过去，差别已经非常明显。

有的已经坐到了管理岗位，年薪几十万甚至上百万，有的多年都没有任何发展，每个月依然拿着几千薪水，聊着老公孩子八卦绯闻，骂着领导不给自己机会。

比如姗姗，其实她的学历比Z更高，外表也比Z更出色，可是如今依然在当初的岗位上，做着最基础的工作。

中间看到Z发展得越来越好，她也暗暗着急过，也想沿着Z的轨迹，达到新的起点。但她在那个圈子里浸淫太久，以致已经被贴上标签，在领导心里，她们就是一群做着基础工作、每天聊聊穿衣打扮、八卦八卦领导糗事的人，能力和格局早已被看低，自然很多机会都不会考虑她。而这一点，成为她发展的最大瓶颈，最后，她见自己发展无望，索性打消了这个念头，彻底安心地待在这个圈子里。

我们刚入社会的时候，接触到的圈子往往是最烦琐的，格局和境界都高不到哪里去，要融入这样的圈子其实很简单，你只要做和大家一样的事就可以了，但有远见的人绝不会把时间花在这里，合不合群真的没那么重要，提升自己才是最重要的。

你是什么样的人，就会被吸入什么样的圈子，如果一个圈子容不下你，说明你不属于这个圈子，如果低层次的圈子不欢迎你，你应该感到高兴，努力去寻找高层次的圈子。

越为你付出的男人，越不会离开你

深夜，我和先生已经入睡，突然传来一阵撕心裂肺的哭声，我一个惊跳坐了起来，把先生摇醒："你听，是不是有女人在哭？"

先生迷迷糊糊地说："你做梦了吧！"

我复又躺下，然而，一阵更加凄厉的哭声划破夜空，在宁静的午夜，仿佛夜魅，我的睡意一下全没了。

这下，先生也不觉得是我做梦了，嘀咕道："可能是夫妻吵架了，清官难断家务事，睡觉！"

我叹了口气，紧了紧被子。本以为女人哭两声就停了，结果声音越来越凄厉，长久不停歇，我睡不着了，先生也被吵得无法入眠，与我一起走出房门。

女人并非在家中哭，而是坐在小区的椅子上，难怪声音如此清晰。到我们过去时，她已经哭了半小时。

周围也渐渐多了来看究竟的人，毕竟深夜里哭成这样，都以为出了什么大事。

有上了年纪的阿姨给她递纸巾，问她出了什么事。从她断断续续的诉说中，我们大概了解到事情的全部。

女人今年刚刚四十，传统贤惠，十六年前，嫁给了现在的老公。婆家条件很好，老公被公婆宠得很懒，结婚前，婆婆就拉着她的手说："我儿子除了念书，我什么都没让他做过，以前他的一切都是我照顾的，以后你们结了婚，你要好好照顾他啊。我们女人最大的责任，就是把家照顾好，把老公孩子照顾好。"

女人没觉得这话有什么不妥，因为在娘家时，她妈妈就是这样教导她的，要勤快，要贤惠，要把家打理好。

于是，她接了婆婆的棒，开始十六年照顾老公孩子的生涯。

从结婚第一天，她就包揽了所有家务，努力学习婆婆的拿手菜，尽量把饭菜做得合老公的口味。

同时，她也工作，在单位里，她也属于不起眼的人，努力把本职工作做好，稳定而踏实。

她觉得自己是个平凡普通的女人，一辈子这样安安稳稳，就是最适合自己的生活。

对公婆，她基本顺从，公婆虽说不至于把她当亲生女儿，但总体上对她是满意的，婆婆经常对她说："现在的女孩子都被人宠坏了，四体不勤，为人强势，等她们走进婚姻，就会吃苦头了，女人嘛，就该像你这样。"

她觉得这就是婆婆对自己最大的赞美了，所以，她也一直努力按照这个要求去做。

后来有了孩子，孩子挺闹腾的，婆婆喜欢孙子，但更心疼儿子晚上睡不好，于是，半夜里女人经常独自抱着孩子在客厅里来回踱步，哄孩子入睡，很多次就这样歪在沙发上睡着了，而老公每每能一觉睡到大天亮。

孩子渐渐长大后，她也为此憔悴苍老不少，但她没在意，她以为老公也不会在意，毕竟她都是在为了这个家付出。

她想，如果就这样和老公以及孩子过一辈子，平淡安宁，就是最大的福气。

可是，从去年开始，她老公出轨了，她很伤心，但她的性格注定她无法做到果断离开。婆婆告诉她，男人哪个不花心啊，他就是一时鬼迷心窍，等兴头过了就知道你的好，你好好对他，他总归知道的。

女人没有其他办法，唯一能做的就是继续对他好，加倍对他好，希望他回心转意。可是她等来的不是回心转意，而是要求离婚，然后，她老公驱车绝情而去。

最后支撑她的信念也倒了，她觉得自己的世界已经崩塌，她哭，她憋屈，她不知何去何从，于是，有了深夜撕心裂肺痛哭的一幕。

周围的人都在安慰她，帮着她谴责那男人，看着她哭得几乎昏厥过去，我内心也是同情的，只是又有种说不上来的哀伤。

我不记得有多少姑娘跟我倾诉，自己在婚姻感情里付出了多少多少，一件件、一桩桩，带着回忆，带着感情，带着心伤。

原本她们以为自己的倾心付出以及一腔真心，会换来对方的恩爱与柔情，哪怕不是，起码也会得到对方的珍惜与感激。

可是最后偏偏事与愿违，换来的往往是对方的无情伤害和弃如敝屣。

她们不明白为什么会这样，男人为什么会这么冷血，这么无情，这么难以打动，最后，她们只好恨恨地给他们冠上渣男的称谓。

可是，亲爱的姑娘，这固然有他们人品上的瑕疵，其实从人性来看，也不难理解。

在你们的感情里，你只是一心付出，鲜少让他与你互动，更截断了他付出的途径，这样的结局，并不意外。

随便举几个例子：

一幢房子，是别人装修好请你去住，你对它的感情更深，还是你亲自一点一滴，犹如燕子衔泥，把它筑起来感情更深呢?

你的孩子，是别人带大了送来给你感情更深，还是你一口奶、一口饭，亲眼看着他一天天长大感情更深呢?

一段婚姻，是你日日付出，你更珍惜，还是你坐享其成更珍惜呢?

请相信：这世上越为你付出的人，越不会离开你。

记得我刚刚获得原创标时，文章有了赞赏功能，我一直没有使用。

一来是因为当初写文章的初衷，就是希望自己的文章能够被更多人喜欢，至于打赏不打赏的，其实我并不在意。二来原先一直是免费的，突然开了赞赏功能，我怕读者有心理压力。

后来有一次与一位朋友聊天，他问我："你这原创标都下来这么久了，难道赞赏功能还没下来吗？是不是哪里出了问题啊？"

我说："不是啊，赞赏功能早就有了，一直没用而已。"

他问我干吗不用，我说了我的理由，他很认真地说："没想到晚情也会犯人性上的错误啊，你又没有强迫别人必须赞赏你的文章，完全是自愿的，有的读者看了觉得认同，也是表达支持的一种方式。你要相信，留言最多和赞赏最多的读者，永远是最支持你的，也是最愿意一直陪伴你的。"

我豁然开朗，之前是我多想了，一个人为你付出，本身就是对你的喜爱与肯定。他越喜欢你，就会越想为你做点什么，对你的感情就越深。

因为不喜欢你的人，什么都不会做，只会无比苛刻地对你。

这一点，在后来的日子里，也很好地得到证明，但凡因为什么观点而出口伤人的，从来都是零赞赏、零互动，唯一的留言就是破口大骂那一句。

亲爱的姑娘，看到这里，你是否已经明白：

越为你付出的人，越不会离开你，即使离开，也会想起曾经的那些美好，不至于太过分。

而从不为你付出的人，不但随时会离开你，并且极有可能在离开时，展现人性最丑恶的一面。

婆婆没有帮我带孩子，我凭什么孝顺她？

我和婆婆住在不同城市，平时大概一两个月回去一次，到了孕后期，先生觉得坐车时间长，太辛苦了，婆婆也怕中间出什么问题，就说特殊情况特殊对待，不去看他们也没关系。

但想到几个月不去，他们也会不习惯，我便让先生单独去了。

先生回来后，对我说："我妈拼命夸你呢，她说你大气、通情达理，你说的话，她特别爱听。"

我迷茫地说："我又没去，我说什么了？"

他说："你上次去的时候说的啊，我妈说那番话她听了真是觉得中听。”

我仔细回想了一下，怀孕初期因为身体难受，胎儿也没坐稳，医生建议好好在家休息，到了四五个月的时候，反应渐渐过去，我才和先生去看公公婆婆。

得知我们有了孩子，老两口挺高兴的，问长问短，我们也含笑回答。婆婆端了盘水果给我，说："虽然孕初期过去了，但还是要小心啊，这孩子生日挺大的，估计在正月里，就是我和他爸都老了，无法帮你们带孩子，这孩子得你自己辛苦几年了。"

我连忙说："我们自己要生的孩子，肯定是我自己带的，你和爸爸年纪大了，就不要操心我们了，你们的任务就是吃好喝好玩好，想去哪儿玩，想要什么，千万别舍不得钱，只要身体健康，无病无痛，那就是我们最大的福气了。"

当时婆婆笑得很开心，回去的路上，先生逗我："瞧你把我妈哄得多高兴。"

我立刻澄清："我可没有哄她，我说的都是真心话，我从一开始就没有想过要老人帮我们带孩子，带孩子是我们自己的事。而且你妈说得没错啊，她年纪大了，也带不动了，她要是病了，受苦的还不是我们吗？"

先生忍不住拆墙脚："我妈那是以年纪大为借口，就算她现在还年轻，她也不会来帮我们带孩子。她多年前就和我说过，以后她是不会帮我带孩子的，她要过自己的老年生活，和小姐妹聚聚会、打打牌，可不想老了还要辛苦。”

我说：“这样也挺好的，他们忙碌了一辈子，晚年想过点自己的生活，也是理所当然的。”

先生庆幸地说：“你能这样想就好，很多女人一听婆婆不给自己带孩子，立刻翻脸，说‘你不给我带孩子，以后老了就别指望我孝顺你’。”

婆婆帮不帮媳妇带孩子，几乎成了婆媳矛盾的首要原因，很多婚姻也因此弄得危机重重。

我的同学F就是其中的典型，就在昨天，她还在朋友圈里发了一段文字，问大家如果婆婆没有帮自己带孩子，自己是不是不用照顾她的晚年。

F的公公婆婆都是退休工人，三年前，F生了一个儿子，娘家母亲要照顾哥哥的孩子，无法过来照顾她，于是婆婆过来照顾她坐月子。

F没有生母亲的气，在她的观念里，母亲首先应该顾儿子，这点是没问题的，所以，她觉得她的孩子应该由婆婆帮忙照顾，这样两个家庭就都平衡了。

但是婆婆照顾F坐完月子后，就回去了，F很郁闷，让老公去和婆婆说说，过来帮忙照顾孩子，反正他们已经退休了，又没什么事做，天天陪伴孙子不是挺好的吗？晚年也不至于太寂寞。

但老公铩羽而归，说他父母不想带孙子，觉得自己年纪大了，劳碌一辈子，终于退休，想和以前的老伙伴、老姐妹多聚聚，儿孙自有儿孙福，而且两代人带孩子，容易引发家庭矛盾，他们就不掺和了。如果儿子、媳妇实在有事的时候，他们帮忙带几天都没问题，但长期带，他们不愿意。

这下F气坏了，觉得公婆实在太冷血无情，放眼周围，谁家不是老人带孩子？除非身体不允许，可公婆身体健康，时间充裕，为什么就不能帮自己带带孩子？但公婆不愿意，她也没办法。

于是，她对老公放狠话说："行，孩子我自己带，但我把丑话说在前头，现在你妈不帮我带孩子，以后她老了也别指望我，我没吃过她一碗饭，没喝过她一口水，我没这个义务。"

当时，她老公什么也没说，只是默默低下了头。

F便憋着气自己带孩子，今年孩子上幼儿园，她也算是解放了。

恰在此时，她婆婆生病住院了，病得挺重，F知道后一点也不着急，甚至有点复仇的快感，心想：当初你不肯帮我照顾孩子，现在自己病了吧？我也不会去照顾你。

当她老公和F说起这事时，F冷冷地说："你妈当初怎么做的你也知道，我把丑话说在前头，她生病是她自己的事，我既不会出钱，也不会出力。"

她老公很生气，说那毕竟是他妈，F也不甘示弱："对，那是你妈，不是我妈，所以，你要照顾就自己去。"

老公恨恨地摔门而去。

公公婆婆退休工资不是很高，这次生病又花了不少，医生说要治愈，还要花不少钱，所以他们打算尽量省钱，不请护工，于是，公公在医院里照顾婆婆，F的老公下班后就过去替换。

F并不认为自己哪里做错了，虽然她自己不肯去，但起码没有阻止老公去孝顺他妈，她觉得自己够通情达理了。

但是，她老公的态度令她郁闷，自从那次摔门而去后，她老公便对她爱理不理，除了必要的话，一句都不和她多说，两人的关系几乎降到冰点。

所以，F在朋友圈里询问，婆婆没有帮她带孩子，她有没有义务照顾婆婆。

很多人在下面留言说："既然她没有帮你带孩子，你就没有义务照顾她，反正她又没有抚养过你。"

看着这么多支持这种观点的媳妇，我心里忍不住寒意四起。如果我生了儿子，精心把他养育成人，然后他娶了老婆又有了孩子，我还必须替他们照顾孩子，否则等我年老时，他们就会以我没有帮他们照顾孩子而质问我：你没有帮我带孩子，凭什么要我孝顺你?

那么，我这辈子根本不能有自己的生活，到底在活什么呢？想想都觉得可怕。

我无意指责F，站在她的立场而言，婆婆确实没有抚养她长大，就如她说的，没有吃过婆婆家一碗饭，没喝过一口水，如果不是因为老公，她和婆婆一毛钱关系都没有，法律也没有规定她必须孝顺婆婆。

可是，现实生活中往往用不到法律，而是以人伦、道德为主，媳妇在法律上确实没有这种义务，但在人伦道德中，是应该孝顺公婆的。

当然，我很反对那种无论公婆多过分，儿子媳妇依然必须做到二十四孝的言论。

我们不得不承认，大多家庭是普通家庭，去不起月子中心、请不起月嫂的大有人在，而女人在怀孕坐月子时最需要家人的照顾，如果这时候儿子、媳妇向长辈求助，长辈身体时间都允许的情况下，却完全不管不顾，换了谁都会寒心，都会在心里记住这种冷漠。

要知道，媳妇和公婆之间本就没有血缘关系，所有情分都靠婚后相处，如果媳妇最需要帮助的时候，公婆冷漠拒绝，那媳妇又不是圣人，怎会不计前嫌地继续孝顺?

公婆帮不帮带孩子，和媳妇要不要孝顺公婆，在法律上都没有明文规定，两者皆属于人伦道德范畴。

所以，公婆虽然没有帮媳妇带孩子的义务，但人生在世，谁都会有需要帮助的时候，若儿子、媳妇经济一般，在最困难的时候，公婆能够去帮一把，比如照顾月子等，才是一家人的作为。

但身为媳妇要明白这其中的界限，比如F的公婆，其实客观地讲，她的公婆并没有做错什么，F坐月子时，婆婆也过去照顾了，虽然公婆拒绝了长期帮他们带孩子的要求，但也说了如果F确实有事的时候，他们可以帮忙照顾几天。

对于老人而言，做到这样足矣，身为晚辈，实在不应该再提出更高的要求去剥夺他们的老年生活，更不能以此去要挟他们。

如果你的公婆在你嫁过来后，从来没有对你的小家有过任何付出，你老公对你和你父母非常不好，那我支持你不用孝顺公婆，因为他们一家人根本不值得你付出。

你要不要孝顺公婆的依据不是他们有没有帮你带孩子，而是你老公待你和你父母好不好。

比如我，婆婆虽然不会来照顾我坐月子，也不会来帮我带孩子，可她是我先生的母亲，她把他抚养成人，已经尽到了自己的责任，帮我们带孩子不是她的义务。

我孝顺她的理由一是她是我先生的母亲，二是先生待我和我家人很好，这才是我要不要孝顺公婆的关键，而不是他们有没有帮我带孩子。

很多女人搞错了这一点，“你没有帮我带孩子，凭什么要我孝顺你”这种言论，看起来挺有道理，其实根本站不住脚。

如果这种理论成立，那么，所有老年人都不能再有自己的生活，所有父母都可以把自己抚养孩子的责任推给上一代，这不是社会的进步，而是一种倒退，必然引发更多的教育问题和家庭问题。

成年后，没有人能够左右你的生活

这些年，我越发认同一句话：性格决定命运。几乎每个女人最后过的生活，都是由她的性格决定的。

这种感慨，在看到一位读者的求助时，越发强烈。

小衡是我早期的读者，所以有我的微信，早上她对我说，看了我最近几篇文章，越发意识到经济独立对女人的重要性，现在的日子真的不是她想要的。

小衡是个全职妈妈，结婚之前从事财务工作，赚得不多，但她并非大手大脚的人，所以养活自己也没什么问题。

后来有了孩子，她老公希望她专心照顾宝宝，便让她把工作辞了。

起初日子还不错，小衡可以天天陪伴自己的孩子，看着他慢慢长大，老公的家用也给得足足的。

后来，她老公升职，收入更高了，虽然在经济上并没有委屈她，但脾气日渐增长，几乎到了说一不二的程度，她若稍有反抗，他便说一堆难听的话：这个家都是我在养，你和孩子吃得好穿得好，还有什么不满意的？我看你就是不知足，不知多少女人想过这样的生活，别身在福中不知福。

孩子大一点后，她也提过再回去上班，她老公却轻蔑地说："上什么班？就你那条件能找到多好的工作？一个月工资最多两三千块钱，还不如把家料理好，工作的事就别提了。"

于是，直到现在孩子上小学了，她还赋闲在家，因为她老公喜欢回到家就有人伺候，如果她去上班，他就无法享受这一切了。

她问我，该怎么经济独立，我有点郁闷，这还用问吗？出去赚钱啊！

我知道她肯定会说她老公不同意。当她说这句话的时候，我往往就不想接茬了，再说下去也是浪费时间。

还有一位朋友，自从我开了公众平台后，她就是我的铁粉，每篇文章都不落下。她说她的婚姻太糟糕，只有在我的文章里，才能得到一点点勇气，才能让自己的情绪暂时得到平静。

我却觉得挺挫败的，因为她看我的文章两年多了，但她的生活一点都没有改变。

很早以前，她就把自己的婚姻状况毫无保留地告诉我了。

她老公是她的同事，因为公司不允许夫妻俩在同一个公司上班，所以作为地位和薪水低的那一方，她选择辞职，另外找了份差不多的工作。

后来，她老公所在的公司发展得很好，规模越来越大，他作为老人，公司也比较厚待他，让他分管一个部门。

有一年，公司新招了一批女大学生，他的部门也分来三个，其中一个女孩长相甜美，嘴巴很甜，又会讨人欢心，很快就独得他的照顾。

因为她以前也在那家公司上班，里面有不少认识的老同事，很快她就听到风声，问老公到底怎么回事。男人不肯承认，说她捕风捉影，简直有病。

但后来她无意中在他的手机里发现两人出去玩的合影，以及非常肉麻的聊天记录。

她把这些证据扔在老公面前时，对方短暂惊慌后，就承认了，并保证会和那女孩断了，又说因为是同一个公司的，做得太绝容易惹毛对方，所以他需要时间了断这一切。

但是两年过去了，他们并没有真断，只是做得更加隐蔽，每隔一段时间，她就会发现新的蛛丝马迹。

后来，她实在受不了这种折磨，提出离婚，结果她老公不同意，说他从来没有想过离婚，对方迟早也是要结婚的，他们现在已经很少联系。

这几年，她大概提过几十次离婚，她老公都不同意，但也没有断了外面的花花草草。

而她和我的聊天主题，永远只有一个：我想离婚，可是他不同意怎么办？

我实在受不了这样的逻辑：他不同意离婚，就不能离了吗？那他出轨经过你的同意了吗？你不也不同意吗？那他怎么还能继续出轨呢？所以说，你离婚也是一样，根本不需要他的同意，了不起他同意的话你们可以协议离婚，他不同意就走法律程序，真想离婚，这一切还是问题吗？

也许是性格不同，很多女人过得无比纠结，明明很简单的事，总能弄得很复杂，似乎天都要塌下来了。

同样一件事，在性格干脆果断的人身上，可能几天就解决了，但在她们那里，往往几年都解决不了，反反复复求助，你若告诉她怎样怎样就能解决，她会觉得你站着说话不腰疼，因为你冷血、你无情、你自私，所以你解决起来才这么容易，而她重情重义、善良包容，要考虑的事情很多。

所以，她们永远处在考虑和抱怨中。记得有一次我的闺密当当一针见血地说："其实她们想要的特别简单，最好你给她们一个方案，能让她们得到想要的结果，但是不用付出任何代价。比如想要经济独立的，最好是家庭一点不受影响，老公突然性情大变，对她疼爱有加，钱财大把大把进来，还有什么对方不同意分手啊离婚的，你要真想分想离，谁拦得住？我们活在这世上，如果去干一件事，一定要人人同意，那这辈子什么都不用干了。生活得幸福的，大多性格干脆果断，日子过得拧巴的，大多性格拧巴，你看看丽玫就知道了。"

丽玫是我们共同的朋友，大学毕业后，以优异的成绩考上了公务员，在税务局工作。在当时，这样的工作既好找对象，又轻松体面，不知道有多少人羡慕。

但工作两年后，她觉得这种生活不是自己想要的，她对女性美容养生这一块特别感兴趣，在调研一年后，她打算辞职。

这下捅马蜂窝了，她家人一听她要把这么好的工作辞了，去做前途未卜的美容养生，顿时急了，一开始是劝她不要头脑发热，创业哪是这么容易的？十个里面起码有九个半失败了，而且创业的辛苦是无法想象的，而在办公室里上班，风吹不到，雨淋不到，这是打算作死吗？

后来见她不听，众人就从劝到威胁了，说如果她一意孤行，那么家里人绝对不会给一丝一毫帮助，以后她也别进这个家门了。

丽玫才不管这些，还是按照自己的步骤辞了职，在自己住的小区里租了一个非常非常小的门面，租金相当便宜。

一开始她的客户都是同学、同事、朋友和小区邻居，两年后，她才在商业街正式租了一间店面。

如今十来年过去，她已经拥有三家高级美容养生会所，并且在不断拓展新的领域。

说起丽玫的成功，很多人羡慕她能从事自己最喜欢的工作，佩服她当年的勇气和执着，也有很多人酸溜溜地说："她现在成功了，自然当初怎么选择都是对的，但如果她失败了呢？"

我也问过丽玫这个问题，彼时，我们坐在她的新办公室里，白纱轻拢，落地窗外是一幢幢办公楼，一切都完美得很不真实。

丽玫笑着说："做什么事都有成功和失败两种可能，我也不能保证我一定成功，就算现在，说不定哪天就一无所有了。有的人希望生活在保险箱里，安全没有风险，但这样的人，一生之中要面临的风险往往是最多最大的。如果我失败了，那么我就总结教训，从头再来，不管怎么说，成年以后的人生，我希望自己说了算。”

是啊，只要你成年了，有自己的谋生能力，别人根本无法左右你的生活，无论是工作、爱情还是人生，你完全可以按照自己的意志来。

也许有人会说我不能这么自私，我要考虑谁谁谁的感受，那么，我只能说性格决定命运，那你就好好安于现状，不要抱怨。

99%的困境，其实是你自己造成的

工作的时候，认识一位姑娘，有些工作上的交集，没几个回合下来，我就想抓狂，她工作态度之散漫，简直是我生平仅见。

他们公司规模不大，是我们的广告商之一，每年有几百万广告合作，分四期打款给他们。我们公司的规定是发票过来后打款，一般情况下，在打款那个月，大家会提前送发票或者寄发票过来，毕竟肯定是收款的比打款的着急。

有一次，他们老总过来拜访，完了之后笑眯眯地问我为什么不给他们公司打款，已经过去好几天了，是不是有什么事耽误了。

我也不隐瞒，说："等你们的发票过来，我就可以向财务提交申请，但你们的发票迟迟没有过来，我已经提醒两次了。"

他有点意外，问我发票还没有给我吗？不怪他疑惑，我都有点奇怪，按理说他的公司离我们最近，送个发票最方便不过。我提醒过两次也就算了，毕竟收款的都不着急，我见天地催，也惹人厌烦。

大概又过了一个星期，对方才把发票送过来，我问她怎么不早点拿过来，对方心不在焉地说："你们公司出了名地信誉好，又不会赖账，早几天迟几天有什么关系呢？难道还会不给钱吗？"

我没说什么，心想，我要是她的老板，说不定已经开除她了。款项这种事，最忌讳夜长梦多，这么多钱她都可以毫不在意，那对其他工作还能指望吗？

后来，我听和她工作接触过的其他同事跟我抱怨，说没见过这么不负责的人，每次合作，准时的一次没有，次次都要催，非常影响工作和心情。我忍不住问，这样的工作态度，怎么还没开除呢？

同事告诉我，她是那老总的亲戚，走关系进来的，工作一向懒散，她们受不了时也投诉过好几次，老总估计碍于亲戚的面子不好说什么。但是把这种人留在公司，实在太不明智了，影响公司业绩和形象。

我恍然大悟，对他们老总的印象都差了一大截，这样的人根本不应该留在公司，白付薪水别让她来上班都比现在强啊！

因为对他们公司印象太差，后来他们再迟迟不送发票过来，我也不会再提醒了，反正最后应该是他们着急。事实上，那次发票延迟之后，第二个季度依然如此。

第二年开年，和我对接的换成了另一个姑娘，她说以后的工作都由她来负责，请多多支持！

当时我并未在意，第一个季度还未结束，她就提早把发票送了过来。因为那天比较闲，我们就聊了一会儿，我顺口问起："你的前任呢？"

她说被开除了，老总亲自开除的，因为他们这些同事集体投诉，原来，比我们更郁闷的是他们这些天天相处的同事。

据说她妈妈和老总是表姐弟，老总算是她的表舅，她妈妈见女儿有了孩子后一直无所事事，孩子又已经上学，就央求表弟给她女儿安排份工作。老总平时挺照顾亲戚的，就把她安排在自己公司里，当个行政文员。

最初几天，她的工作态度还可以，不知道是因为新鲜，还是被她妈妈叮嘱过。但后来就越来越夸张了，工作非常拖沓，明明花几分钟就可以完成的，她偏偏要等到别人再三催促才做，有些工作是一个系统，卡在她这个环节迟迟不做，其他人只好等着。

有时候遇到紧急情况，别人只好陪着她加班，不仅如此，请假和擅自离岗更是她的常态，理由是她家里有事、孩子有事等，打电话基本也联系不上人。她还并不觉得这有什么，搞得所有人暗地里对她意见很大，却又碍于她是老总的亲戚，只好隐忍着。

所以，在很长一段时间里，老总并不知道她的表现，但人的忍耐总是有限度的，当工作受到影响时，别人不可能帮她背锅，自然会把前因后果告诉老总。

老总碍于亲戚面子，不好把话说得太重，只侧面提醒过她几次，奈何效果不大。

后来，不仅公司里的人对她不满，公司外的人对她的投诉也越来越多，但她依然不觉得有什么，而此时，老总对她的不满已经到达顶点，于是，在过年前夕，老总跟自己的表姐说感觉她不太符合这个岗位的要求，年后要重新考虑。

当时她妈妈觉得表弟只是提醒一下，也叮嘱女儿要好好表现，但过年后，老总就直接让人事通知她不用来上班了。

她妈妈来公司求过情，希望再给她女儿一个机会，但这次老总说什么都不同意，甚至发誓说："我已经忍很久了，以后我永远不会再用亲戚，这次算是经验教训。"

本来这件事应该到此为止了，大概过了两年，我听我们公司的HR说，某某今天来我们公司求职了，我一时还没想起某某指谁。

HR提醒我说就是以前广告公司的，工作态度特别夸张那个，我说她怎么会来我们公司求职呢？

HR是个消息特别灵通的人，开始给我讲接下来的故事。

她被亲戚的公司开除后，她妈妈又托熟人给她介绍了一份工作，具体干什么不得而知，但她依然懒散，没过多久，对方就回绝了她。

虽然两次失去工作，但她还有老公，老公的收入虽然不高，但省着点用也是够的。

可是一个人在工作上无比散漫，在家庭里未必有多积极。据说她在家也是挺懒的，日久天长，老公和她之间的矛盾越来越深，觉得她工作不好好干，家务做得也很糟糕，关键是孩子也带得一塌糊涂，而她又什么话都听不进去，最后，两人以离婚收场。

离婚后，她彻底失去依靠，她父母不是有钱有势的人，无法提供她需要的一切，她就必须靠自己了。

但之前两份工作对她最大的影响并非被开除，而是她给所有和她接触过的人以及公司都留下了不好的印象，而她一直在本地几家公司间求职，这个圈子本来就不大，很容易就知道她过去的表现，所以，她的求职变得困难重重。

HR对我说："其实她现在和以前不一样了，感觉她很迫切地需要一份工作，也表现出了愿意好好干的意思，可是想起她之前的那些表现，还是不敢录用。"

想起她这些年的经历，似乎给我敲了一记警钟：很多时候，我们以为偷点懒，不负责任点，自己轻松了，也不会有多大后果，但其实我们所做的每一件事，在当时可能影响不大，甚至什么影响都没有，但人生是个漫长的过程，不知道什么时候后遗症就出现了，而那时候，连补救的机会都没有。

诚然，这么夸张的人并不多，大部分人也许会混日子，但不会做得如此过分，但天长日久，影响也是不可小觑的。

很多人都拒绝学习，拒绝成长，因为这两件事都很辛苦，于是，一天天偷懒，觉得日子也就这样过去了。

但时间长了就看出区别来了，有的人每天都很努力，但日子并没有改变多少，可是几年之后再和身边的人比较，才发现不知不觉中，她已经走快很多。

有的人每天都得过且过，短时间内也没觉得日子变得多差，可是几年之后就会发现，生活越来越吃力，能够选择的权利和自由越来越少。

经常有人说自己现在没有一技之长，没有存款，日子过得很憋屈，可是，这种情况是一天造成的吗？不是，那是长年累月造成的，最重要的，这是自己造成的，因为曾经的懒惰，造成了如今的困境。

很多人把这种困境怪罪到男人、孩子、婚姻身上，其实不然，99%的困境，其实是自己造成的。

你把她们当亲人，她们把你当银行

怀孕后，我把平台的事和翡翠生意分别交给了助理，只是偶尔亲自接待几位选购传家宝的客人。

有一天，助理和我说有位客人想买一件几十万的翡翠，希望和我亲自聊，我便让她把客户转给了我。

一般面对这样的客户，我会先问问对方的需求，看她需要什么，再有针对性地推荐。

结果她告诉我："我没什么要求，你推荐个你喜欢的翡翠给我就好。"

我心里感动，这些客户实在太信任我了，所以我更加不能辜负她们的信任，便说："翡翠讲究眼缘，我喜欢的未必是你喜欢的，还是先按照自己的喜好选几款，我再帮你参谋好不好？"

她说："晚情，我知道你是好意，其实我根本不懂翡翠，我今天就是想花钱，但又不知道要花在哪里。我平时特别喜欢看你的文章，知道你经营翡翠，所以就来找你。反正我想把钱花掉，与其花到别人那里，那还不如花在我喜欢的作者这里呢！"

我有点惊讶，难道这就是传说中的土豪？花几十万块钱，只是为了随便买一件翡翠？

我劝道："有钱也不能这么花啊，赚钱多不容易，你要不先考虑几天？反正我的翡翠永远在这里。"

她说："不用了，我今天必须花钱，否则觉得对不起自己，反正我也没有像样的珠宝，买件好的就当慰劳自己这些年的辛苦吧！"

见她如此坚持，我也不再阻拦，推荐了几款我认为漂亮且性价比和升值空间都不错的翡翠，她很快就选定一款，并且立刻把钱转了过来。

我正在交代她平时该如何保养翡翠，她打了很长一段文字过来：

晚情，你肯定觉得我很奇怪吧！换作以前，我绝对不会这样花钱，我这些年花的钱，可能都没有今天多。

我家里有四个孩子，我是大姐，下面还有两个弟弟、一个妹妹，我没有念过大学，很早就出来赚钱了，赚的钱除了留下必要的生活费，其他全部寄回家，供我父母的日常开销和弟弟妹妹念书。为了让他们过得好一点，我没日没夜地赚钱，现在自己开了两家店，收入还可以。

我把两个弟弟、一个妹妹都供到了大学毕业，父母的日常生活也都是我负责。后来，我的大弟弟结婚了，父母拿不出钱，所有的结婚费用都是我出的，二弟弟结婚也是，最小的妹妹结婚时，我代替父母给她准备了陪嫁，而我自己，为了他们，一直没有结婚，现在已经快四十岁了。

后来，他们买房的买房，生娃的生娃，我都竭尽全力地出钱出力，在我心里，钱不算什么，家人才是最重要的，只要他们过得好，我再苦再累也甘愿。有时候，看见他们都成双成对，儿女齐全，我也会羡慕，但想到如果我结婚的话，可能就无法毫无保留地对家人好了，也许单身对我而言最适合吧？

我一直以为我们彼此是最重要的人，可是昨天发生的一件小事，突然让我明白自己到底有多蠢。

前几天我逛商场的时候，看中了一套保养品，导购很热情地让我试用，我用了一下，确实很舒服很滋润。想到这么多年都没有好好给自己买过东西，平时都是把钱省下来给家人，自己看起来要比同龄人老得多，于是我买下了这套近六千块钱的护肤品。

用了一段时间后，我感觉自己看起来真的年轻了些，所以昨天家庭聚会的时候，我让他们看看我有什么不同，他们说没什么不同，我只好告诉他们我买了套高级护肤品，皮肤看起来是不是好多了。

结果，我父母立刻沉下脸说六千多块钱可以买很多菜了，都一把年纪了也没个老公，抹了给谁看啊，还不如把这钱拿回家呢。我的弟弟妹妹也埋怨我花钱大手大脚，大弟弟说："姐，我早就想换个新的苹果手机了，你花六千块钱买套护肤品，是不是有病啊？"

二弟弟说："姐，你脑子是不是坏掉了啊？六千块钱的护肤品你也买？我们需要用钱的地方多着呢，你太自私了。"

小妹妹说："姐，你这钱花得没意思，如果你把钱给我，起码还能得到我的感激，你抹在脸上，难道就能不老了吗？"

我当时就惊呆了，我花自己的钱给自己买了点东西，怎么就落得个人人喊打的地步？

看着他们一个个指责我的样子，我突然想笑，这就是我一直为之付出的亲人，他们以前对我态度好，只是因为我省吃俭用，把钱都存下来给他们，当他们看见我为自己花钱的时候，就急了，在他们眼里，我所有的钱都应该给他们。如果他们待我好，我真的愿意都给他们，可是他们太伤我的心了。

所以，我饭都没吃就走了，告诉他们以后我再也不会资助他们一分钱。

今天我把自己的钱都取了出来，一直想着要怎么花掉它们，这么多年付出已经成了习惯，我怕自己到时候又心软，所以只有花掉。如果付首付买房子，他们肯定会打我的房子的主意，所以我想到了你的翡翠。从今天开始，我想好好爱自己。

我问她："是因为一时气愤才这么做的，还是真的下定决心，和这些'吸血鬼'划清界限了？"

她沉默了一会儿说："我也不知道，但这一刻我真的是这么想的，只是多年付出的习惯，不忍心看他们过得不好，不忍心他们受苦，不知道当他们一个个找上门来的时候，我会不会心软，但我会努力克服的。"

我担心的正是这一点，很多人付出太多被辜负，也会发狠话，可是当对方稍微示好就又回头了，这样的事情只要发生一次，就前功尽弃。

亲人是很多女人的软肋，哪怕曾经被辜负被伤害，也不忍心做绝。

可是，你应该反过来想想，你那么心疼他们，他们心疼你吗？你那么重亲情，他们看重吗？如果他们根本不在乎，你又有什么不忍心、舍不得的呢？

当然，并不是说亲人曾经对不起我们，就永远不可原谅，但原谅之前，一定要看清一点：对方是为了让你继续付出才来与你和解，还是真的意识到曾经过分，想要和你修复关系。如果是前者，哪怕你再不忍心、再不舍，都要逼自己狠下心肠。

女人婚后的悲剧，大多和这一点有关

清明节前夕，我回娘家，看见小姑姑阴沉着脸，使劲揉着一团面粉，嘴里嘀嘀咕咕不知道在说什么，好像和那团面粉有仇一般。

我问她揉面粉干吗，她抬头一见是我，仿佛找到了发泄的人："还不是你那个老古董爷爷，叫我做清明团子，上坟要用。"

我随口说道："干吗自己做，超市里多了去了，随便买点就是，自己做多麻烦，还没外面买的好看。"

小姑姑深有同感："我也这么说啊，你爷爷非不让，一定要我自己做。他自己年纪大了没事干，我每天忙得要命，还要我做清明团子，我一天赚的钱，够他买一个月的清明团子了。”

小姑姑说的是实话，这十年来，她有贵人相助，事业一直非常顺利，交游广阔，下面有两百多个员工，很多事都不用自己干，生活滋润得很，唯一能给她添堵的就是我爷爷。

爷爷已经九十岁了，思想保守，讲究封建家长的威严，把我爸和姑姑们训练得言听计从，哪怕小姑姑现在出去众星捧月，在我爷爷面前，永远只能服服帖帖，他说什么，她都不敢不做。

我正想说什么，爷爷捧着紫砂壶出来了，看见我两眼放光：“来来来，你小姑姑在做清明团子，你也学着一起做。”

我赶紧把东西一放，朝楼上跑去：“我要去换鞋了，谁喜欢做就自己做吧！”

爷爷的声音在背后响起：“你个小畜生又跑了？我是为了你好啊，这些东西你都要学会，要不然你在婆家会被人数落什么都不会，婆家人会看不起你的。”

我回头喊：“都什么年代了，你那些思想早就过时了好吗？就我姑姑们窝囊，才会听你的，我才不要听。”

这种对话，在我们家是很常见的，在我十来岁时，爷爷就很想训练我干各种家务，但因为改革开放，我们又处于南方沿海的小县城，重男轻女不严重，对女孩子的教育同样很重视，而我的成绩一向很好，家人对我抱了很大的期望，希望我能考上名牌大学，光宗耀祖，所以学做家务这种事就暂时搁置下来，他们更希望我把时间用在学习上。

后来，我如愿考上了不错的大学，每次寒暑假回家，爷爷就会旧事重提，但那时我已经二十岁了，思想行为基本已经定型，又受过高等教育，哪里还会配合他贤妻良母的训练？所以，不管他如何念叨，如何数落我，我永远是捧着书，十指不沾阳春水，直到我出嫁。

记得我结婚那天，他心事重重地说："你懒成这样，什么都不会干，结婚后日子怎么过啊？"

我只给了他四个字："我请保姆！"

虽然我婚后的日子过得挺不错，但爷爷始终认为，一个女人什么都不干，那就是不贤惠，不贤惠就很容易被老公嫌弃，被嫌弃了娘家都不好意思说什么，因为没把自己家的姑娘教好。不得不说，封建思想的固执，远超出我们的想象，无论我们的日子过成什么样，丝毫不能改变他的思想。

去年新家装修好时，我本来打算请家里人吃饭，但先生出差摔下山，做了两次小手术，这事就搁置了。

今年，爷爷说他年纪大了，还没去过我们的新家，想去看看，于是，我和先生就安排在国庆，我的安排是这样的：上午先到家里坐坐，聊聊天，中午在旁边的酒店订一桌。

爷爷一听立刻反对，说他不去酒店吃饭，既然是上我们家，那就必须在家里吃饭。我很坦白地告诉他："我家可做不出供这么多人吃的饭菜，又累又麻烦。"

姑姑们赶紧说："就依你爷爷吧，我们一早就过来帮忙买菜做饭，现在帮厨到处都是，你需要的话，我们也可以帮你请来。"

家宴前一天，阿姨把家里打扫得干干净净，我就给她放假了。第二天爷爷一进家门，满意地点点头说："家里倒是挺干净的，你那么懒，我以为你会把家里整成狗窝呢！"

大姑姑立刻说："你那么大年纪，就别操小辈的心了，他们自己也能把日子过好。"

先生忙着招呼我家人，我坐在沙发上吃水果，爷爷开始使唤我："你怎么不去厨房？就在这儿等现成吃吗？"

我坦白地说："我根本不会做菜，去厨房干吗？还不够添乱的呢！"

爷爷一脸抽抽，对先生说："她结婚后还是这么懒？"

先生为我说话："她天生不喜欢做家务，而且她的才干也不在家务上，困在家里做家务太浪费了。"

爷爷摇摇头，对我先生的话一点都不认同，说再能干的女人，得先把家务做好，把老公伺候好，否则女人就不像女人了。我在旁边拼命翻白眼。

吃完饭，爷爷对我说："做菜你不会，洗碗打扫你总会吧？赶紧收拾收拾。"

小姑姑看见我便秘似的脸，无奈地对爷爷说："这些阿姨会做的，她什么都做了，阿姨做什么？"

爷爷一时没听明白，问是哪个阿姨，小姑姑大声说："就是保姆，叫阿姨是尊重。"

结果爷爷一听，整个人都不好了，指着我说："她这么小小年纪，就要找人伺候了？让年纪大的人伺候年纪小的，她消受得起吗？不怕消了自己的福报吗？"

我在旁边已经无话可说了，好在一天很快过去，当我把他们送出门的时候，我长长地舒了口气。

先生坐到我旁边，庆幸地对我说："幸亏这么要求你的是你娘家的人，如果是我妈这么要求你的话，我都不敢想象啊！"

那天我想了很多，虽然现在这个年代，像我爷爷那样拼命让自家姑娘学做家务的长辈不多了，但很多有女儿的家庭里，父母在教育上犯这种错误的绝对不在少数，纵观我们这一代，很少有父母教育女儿，应该如何正确地处理婚姻中的问题，教得最多的就是，嫁到人家家里，手脚要勤快，对公婆要孝顺，对老公要好。他们觉得把女儿教育得温柔体贴、勤劳贤惠，就是做父母最大的责任。

殊不知，这样的教育往往把女儿推向不幸的深渊，在她们很小的时候，那种牺牲自己、付出自己的观念就深入骨髓，她们不敢有自我，觉得这样太自私，也不敢对自己好，会有犯罪感，在婚姻里不断付出，才会让她们找到自己的存在感。

从前，她们在别人眼里，是善良、贤惠的典范，如今，在别人眼里，她们是没有自我、没有追求的一群人。

她们从来没有想过去伤害任何人，但在婚姻感情里受伤概率最高的往往就是她们，很多人觉得，她们过得不好也许是命，也许是运气不好，但其实并非如此。自私凉薄的男人，最喜欢找有付出型人格的女人，成熟睿智的男人，最不喜欢没有自我、无法和自己精神交流的女人，所以她们嫁给前者的可能性非常高，婚后被善待的概率，则非常低。

这世上从来不是家务做得越多，婚姻就越幸福，也不是越委屈自己，婚姻就越牢固，而是，女人应该有自己的思想、见识、智慧，这些东西才是你独特的魅力所在，也是你过好这辈子的真正依托。

这种性格的人，你绝对不能对她太好

闺密L是我们所有人中性格脾气最好的，对谁都和风细雨，温柔体贴，典型的贤妻良母。

她很幸运，嫁的老公成熟稳重，对她体贴入微，但生活不会十全十美，她老公虽然很好，奈何婆婆很难缠。

尤其是他们单独买了房子后，婆婆隔三岔五就过来住。对于婆婆的到来L从来不会说什么，她一直有一份感恩之心，老公对自己这么好，都是婆婆生养的，就凭这一点，她就觉得应该好好孝顺婆婆。

所以，即便婆婆性格不太好，大多数时候不讲道理，她也不会和她计较，总是以最大的宽容对待婆婆，最重要的是她不愿意看到老公为难。

所以在这段婆媳关系里，一直以她的退让为主，倒也勉强相安无事。

但人的忍耐毕竟是有限度的，如果是她自己的事，她忍忍就过去了，但涉及孩子，她忍了一次两次就无法再忍下去了。

甚至很多时候，婆婆是故意和她对着干。有一次她回到家，听到婆婆在和孩子说妈妈哪里哪里不好，顿时觉得气血上涌，无法再忍。

那一次，她深呼吸好几次，还是没能控制住自己的情绪，冲过去把孩子抢了回来，很严肃地对婆婆说："妈，你平时怎么样我都可以不计较，但请你别在这么小的孩子面前说这些有的没的，其他事我可以忍你，但这种事我绝对不会忍。"

婆婆讪讪地嘀咕："我又没说什么，不过是逗逗孩子。"

L提高声音道："有你这么逗孩子的吗？我要是在孩子面前说奶奶哪里哪里不好，你听了会高兴吗？会觉得我是在逗孩子吗？"

婆婆的泼辣劲上来了："我不就说了几句话吗？你大呼小叫的干吗？这是我儿子的家，我连说话的自由都没有了吗？"

L也在气头上："对，这是你儿子的家，也是我的家，但不是你的家，你来了就是客人，我尊重你是我婆婆，但你要是搞破坏，以后这个家不欢迎你来。你就算找你儿子告状我也不怕，他要是这么是非不分，我们的日子也就到头了。”

说完，她抱着孩子转身进了房间，砰地把门给关上了。

回到房间，情绪渐渐平静下来后，L也有一点担心，不知道婆婆接下来会出什么幺蛾子。她是真心不希望一家人闹得鸡飞狗跳的，甚至也做好了如何面对老公的准备。

结果怎么着?

她婆婆不但没有将这件事告诉儿子，第二天早上还来敲她的门，一脸讨好地问她早上想吃什么。

她有点惊讶，平时她好声好气的时候，婆婆经常端着太后的架子，没想到昨天她发了顿脾气，婆婆倒是一反常态了。

她觉得既然婆婆已经软化，自己也应该大度一点，两人难得过了几天平静日子，不过这种平静只是暂时的。

没过多久，她婆婆就故态复萌了，这一次，她不再像以前那样忍气吞声，大概是有了第一次的反击，后面就来得容易了吧!

每次她发完脾气后，她婆婆就会收敛几天，她经常对我感慨：“唉，亲爱的，我多希望我和我婆婆能和平共处，其实我一点都不想对她发脾气，毕竟她是我老公的妈，又是长辈，只要她别太过分，我真的只想好好孝顺她。但我想好好孝顺她时，她经常为难我，我发几次脾气，她倒是客气多了，你说大家相互尊重不好吗？”

我非常理解L的感受，因为我身边也有这样的亲人，不是别人，是我亲妈。

我在上一本书《做一个有风骨的女子：不迎合，不媚俗》里面详细写过我的成长经历，对于我的原生家庭一度非常痛恨，最令我心寒的是我父母，但在先生的调解下，我已经和原生家庭和解，而他们年纪大了，也有所改变。

所以，我内心愿意好好对待自己的父母，给他们安稳的晚年。

但愿望和现实永远有距离。

有一次，我请娘家人吃饭，席间我妈舀汤，我看见她手腕上的手链非常眼熟，问她：“你这手链哪里来的？”

她说：“在你那里拿的，你放在外面，我就拿来戴了。”

我憋着气问：“你拿之前不知道和我说一声吗？”

她无所谓地说：“你自己放在外面的，再说我也没见你戴，反正你做珠宝的，首饰多得很。”

一条手链确实不是了不得的事，但我非常讨厌不经过我同意、擅自拿走我的东西的行为，这让我有一种被入侵的感觉。

虽然我把手链放在外面了，但我始终放在自己的地方，不问自取就是不尊重我。

我很严肃地对她说："你要是喜欢什么，我可以买给你，但你不能直接不经过我同意就拿走我的东西。"她讷讷地说知道了。

果然，后面一段时间她没有再拿过我的东西，后来，我换位思考，觉得她可能是伤心了，我不爽的是她不经过我同意这一点，而她想的可能是我和她计较一条手链。

于是我买了一条项链给她，那段时间我经常送她东西，她挺高兴的，但很快我又想抓狂了。

有一次，朋友约我聚会，我选了一条日常礼服裙，打算搭配刚买的鹅黄色真丝丝巾，结果我找来找去都没找到。

不知怎么的，我就想起了我妈，打电话给她，问她有没有拿。她很爽快地承认，说前几天去喝喜酒，没合适的东西搭配，觉得我的这条丝巾很不错，就先拿来用了，回头还给我就是了。

我气不打一处来，我在衣服首饰上有洁癖，只要被别人碰过，我就不会再要，最令我恼火的是她又没经过我同意就拿走了。

我和先生吐槽了一下，他说："那你自己的东西怎么不保管好？”我抑郁地说：“难道我平时在家还要把更衣室的门都锁起来吗？我不在家的时候还要交代保姆不让我妈进门吗？这不是我的问题，是她的问题，她不懂得人与人的界限和尊重。”

那一次，我和我妈大吵一架，我明确告诉她，以后别再动我的任何东西，否则别怪我翻脸。

其实这种话，我以前也经常跟她说，但我好声好气和她说，她基本不当一回事，我气极了发顿脾气，她倒不会再惹恼我。

如今，她很少再动我的东西，就算看上了什么，也会先来问我，而这是我发了几顿脾气后，才有的局面。

我也曾郁闷过，天知道我多希望我和她是好好沟通这种相处模式，而不是气急败坏地吵架，不管怎么说，吵架总是影响心情的。

我曾试过去沟通，但发现根本没用。

后来我渐渐明白，这世上，很多人年纪长了，但心智根本没有成熟，他们并不是有多坏，只是他们无法心智成熟地处理各种问题。

你的好脾气，在他们眼里是好商量，只要你没拉下脸来，他们都觉得还没到你的底线，所以不会把你的话当一回事。只有你真的发火了，他们才意识到你真的生气了，反而会因此收敛自己取悦你。

就像很多姑娘跟我说，好好对待自己的老公，结果他大爷似的作威作福，实在受不了了狠狠收拾他一顿，倒是老实了，其实这些男人，也具备这种性格。

我们从小都被教育要善待别人，可是长大后，你才会发现这条准则并非适用所有人，只有面对成熟稳重的人，你才能好好对待他，才能建立健康的沟通模式，而对于心智不成熟的人，这一条完全不适用。

因为你对他太好，对方很容易就恃宠而骄，各种挑战你的底线，你时不时地发发脾气，对方反而不会太过分。

所以，面对不同性格的人，我们必须用不同方式对待，虽然并非内心所愿，却是唯一获得安宁的办法。

真正的孝顺，只要做到一点

回老家办准生证时，小侄子想吃一种糖，只有很远的超市才有，我虽嫌远，但架不住他的缠功，就带他去了。

我由着他挑好糖和一些喜欢的零食，就牵着他去结账了。

在我低着头掏钱包时，一个迟疑的声音响起："你是情情吧？"

我抬头一看，一个中年妇女热切地看着我，眉眼之间确实有点眼熟，可是我一下子想不起来是谁。我拼命在脑海里搜索，是亲戚？邻居？好像是，又好像不是。

于是，我只好尴尬地笑笑："我是，你长得好面善啊，我这人记性不太好，你是？”

她笑得比我还尴尬：“不是你记性不好，大概是我变化太大吧，我们是同学啊！”

“同学”两个字让我灵光一闪，立刻想起来她是谁，但之前我做梦也没有想到她是我同学，难怪想不起来。

既然我们是同学，那么年纪几乎差不多，但眼前的人看起来比我妈年轻不了多少，所以我一时没想起来。

她看了看小侄子，问我：“这是你孩子？”

我笑着摇摇头：“这是我小侄子，我的孩子还没出生呢！”

久未见面，我们聊了聊近况，她说：“我们自从那次同学聚会后就没有见过面了，听说你现在出书，还在经营珠宝，嫁到杭州了？”

我说：“我先生确实是杭州人，但我们没有住在杭州，事业重心不在杭州。你呢，这些年过得好吗？”

其实刚问完，我就后悔了，一个女人若是生活幸福、有人关爱，怎么可能老得这么快？

果然，她叹了口气说：“我过得不好，这些年都在离不离婚中纠结，也不知道什么时候是个头。唉，做人真没意思。”

可能是生活中没人听她倾诉，她聊兴挺浓，小侄子在一边心满意足地吃零食，也没吵着回家，于是，我们就在旁边坐着聊了会儿。

叫她杨杨吧！

杨杨初中毕业就没再上学，而是去学了门技术，回来开了家小店，专门给人做衣服，收入挺不错的。

她是我们当中最早结婚的，二十岁不到，就经人介绍嫁给了一个修车的男人，两人靠着手艺吃饭，其实收入比办公室里的白领高不少，如果踏踏实实过日子，相信虽不能大富大贵，但绝对殷实。

开始几年，日子过得确实不错，两人不但买了商品房，还买了一间小店铺，平时租给别人，收收租金贴补家用。

那时候，他们的日子过得比一般人都富裕，但人的欲望是无穷的，因为手里有了些钱，她老公觉得修车赚钱太少，也太辛苦，于是开始和别人合伙做生意。

结果钱没赚到多少，她老公却把心弄野了。

做生意自然少不了应酬，他开始晚归，经常喝得醉醺醺的回来，杨杨提出抗议，希望他能早点回家，他却恶狠狠地说："男人的事，女人少管。"

后来，他做生意被人坑了，不但把家里的积蓄全填进去，还把铺子抵押了出去。

杨杨无比心疼，要知道买铺子的钱都是两人省吃俭用存下来的，几个月时间就亏完，想想都难以接受。

但她是个贤惠的女人，认为钱毕竟是死的，只要一家人好好过日子就好，再说铺子虽然没了，但起码房子还在。她跟老公说："铺子亏了就亏了吧，我们也不是做生意的料，还是干回修车的老本行吧！"

她老公似乎有所触动，答应她不再做生意，好好修车。

杨杨长长叹了口气，心里盘算着，几年时间这钱就能赚回来。

男人确实老实了几个月，但心一野，很难再收回来，见识过灯红酒绿，再回家过日子，心里难免蠢蠢欲动。

所以，他说男人不能失败一次就认尿，在哪里摔倒就得在哪里爬起来，以前他是没经验，现在吃过亏，长心眼了。

杨杨激烈反对，说她不指望大富大贵，只求和以前一样生活。

但她的反对没用，她老公义无反顾地再次出去赚大钱了。

这一次比第一次更惨，他不但把带去的本钱亏完，还欠了一屁股债，灰溜溜地回来了。

杨杨没有和他吵架，她想经历过这两次失败，他应该知道自己不擅长经商，会回来好好过日子了吧？至于欠的钱，她可以把房子卖了还债，反正两人结婚早，还算年轻，只要好好努力，日子还是会好起来的。

但是，她老公并没有领她的情。他这次生意失败，其实是败在一个女人身上，那个女人哄骗着他进了一批没人要的东西，花言巧语地告诉他，她也是想帮他赚大钱，于是，他不但没有怪这个女人，反而觉得这个女人和他在生意上有共同语言。

至于杨杨，他则是越看越不顺眼，后来干脆很少回家，即便回家，也只有一件事，就是拿钱。如果杨杨不给，两人必定大吵一架，起初只是动嘴，后来就发展到了动手。

一开始杨杨为了孩子还是想维持这个家的，但几年下来，她终于心灰意懒。这样一个男人，不但让她看不见未来，甚至经常把她养孩子的钱拿走，为了孩子，她决定离婚。

本来离婚对她而言也许是重生，放弃不幸的婚姻，她有重新获得幸福的机会，即便单身带着孩子，她能赚钱，日子也过得下去，起码会比现在好。

但父母得知她想离婚后，极力阻挠，说两家离得这么近，离了婚多丢脸，离婚的女人不值钱。她爸爸甚至威胁杨杨：如果离婚的话，就和她断绝关系，以后她永远别进这个家门，他们就当从来没有这个伤风败俗的女儿。

她妈妈更是哭天抢地，说如果杨杨敢离婚，她就死在杨杨面前，反正活着也没脸见人。

不管杨杨怎么告诉他们，这个男人已经不是以前那个人了，现在的他毫无责任心，出轨、家暴样样齐全，继续跟他过，比死还难受。

但她父母完全听不进去，死活不让女儿离婚，这一僵持就是两年。

杨杨是个孝顺的女儿，无法不顾父母的心情，即便很多次她觉得不离婚比死还难受，她也不敢违背父母的意思，更不敢担负不孝的名声。

在这样的折磨里，她迅速枯萎、憔悴，仿佛一下子进入中老年期，对生活不再充满热情。

我听完真是替她心寒，连我这个多年不见的人看见她都能感觉到她的不快乐，难道她父母就一点都看不见吗？所谓的面子，真的比女儿的幸福重要吗？何况现在都什么年代了。

她问我：“情情，你说我应该离婚吗？”

离不离婚这种事，我无法帮她做决定，我只能说：“如果是我，我是一定会离婚的，哪怕我父母再反对，我也一定会离。”

我经常听到很多子女纠结：

一边是心爱的工作，一边是父母的反对；

一边是相爱的伴侣，一边是父母的不满；

一边是自由的选择，一边是父母的面子。

到底该如何选择？遵从自己的内心，就违背了父母的意志，顺从父母的意志，就背弃了自己的人生，人生似乎进入了死局。

其实并没有这么严重，很多人之所以陷入两难境地，是因为观念上的错位，认为孝顺就是要听从父母的意见，不让他们伤心，是作为子女的责任，否则就是不孝。

什么是真正的孝顺？爱孩子的正常父母，必然希望自己的孩子幸福快乐地生活。如果眼看着孩子生活在水深火热之中，而孩子已经在拼命求生了，不但不给予帮助，还一次次把他推向火坑，这种父母，还要盲目顺从吗？

真正的孝顺，只有一种，那就是让自己过得幸福，让父母安心。如果你的父母只在乎自己能否掌控你，只在乎自己的面子问题，却从来不关心你是否幸福，那么，你就应该思考一个问题：你父母真的爱你吗？

答案是显而易见的，他们不爱你，那么，你要为了根本不爱你的父母，放弃自己的幸福吗？

职场中死得很难看的，99%有这两个问题

前段时间，由于平台发展需要，我在上面发布了一个招聘，当天晚上就收到了几百份简历。

由于我自己实在没什么招聘经验，便把两个做HR副总的朋友叫来替我把关。

如今也算尘埃落定了，在整个过程中，我学到了不少招聘技巧，更有不少感悟。

在众多简历中，有两份非常与众不同。

一份说："你凭什么要求晚上也要回你消息？就算是实习生，你也没有权力这么要求他们吧？我不是想应聘，就是告诉

你，你没权力这么要求。”

当时我一愣，瞬间觉得自己是不是周扒皮的传人？赶紧转发给了两个朋友。

朋友顺手就删除了：“什么岗位，就有什么要求，像十点读书这些公众号，都是晚上十点才推送的，难道他们的编辑要向老板说‘你凭什么要我们晚上工作’？此人情商与智商双低，连这种基本道理都不懂，只站在自己的角度想问题，这样的人，是所有用人单位最不喜欢的。”

另一份简历稍微温和一点：“看到第一条说不接受什么都不会的新人，觉得很郁闷。我想告诉你，如果大家都不招新人，那新人怎么可能会有经验？你这条限制了多少想和你一起工作的人？”

我突然就想起了十几年前，自己毕业找工作的那段经历。

我相信，每个刚从大学毕业的年轻人，对自己的第一份工作都是充满期待的。

我也一样，那时每天都在看招聘信息，尤其是对一些大公司和好的岗位，特别关注，逐条对照，看自己哪些符合，哪些不符合。

但不得不说，公司越大，要求越高，岗位越好，要求越多，尤其是几乎每个我看得上的公司和岗位，都有这样一条要求：有两年以上工作经验。

对于一个刚毕业的大学生而言，他怎么可能有两年工作经验？虽然我知道自己并不完全符合要求，但试试总没关系吧？了不起就是不录取嘛！

然后，我投了三家公司，我的简历也非常简单，就是一页纸，简明扼要地介绍了一下自己的情况，放了一张中规中矩的证件照。

之后的一个星期里，三家公司都陆续打电话让我去面试了。

在面试过程中，几乎每位面试官都问我："我们要求有两年以上工作经验，这点你不符合，为什么还投简历呢？"

我说："我知道这一点我不符合，可是如果我连简历都不投，那就什么机会都没有。你们让我来面试了，说明这点是可以商量的，否则你们就不会来面试我了。"

面试官说："其他候选人经验最少的也有一年，那你说你的优势在哪里呢？"

我说："虽然我没有经验，但是没有经验的人可塑性强，更好培养，由于是第一份工作，会更充满感情，更认同企业文化，而且刚入社会，不会偷奸耍滑。"

最后，三家公司都录取我了，我选了最心仪的公司，正式开始我的第一份工作。

这些经历也让我明白一件事：机会，都是自己争取来的。

再说说我自己的招聘，我确实在第一条上写了不接受什么都不会的新人，可是我最后录取的，就是新人。

就算要求里写了，那又如何，又不会阻止你投简历，如果你连试一试的勇气都没有，那又能怪谁？

第一条其实包含了两点，什么都不会和新人，我最后录取的新人虽然从来没有在大号工作过，也没有自己运营工作号的经验，可是在面试时，我感觉到了她的真诚与积极。

在面试之前，她自己已经做了不少功课，后来我给了她一篇文章，让她尽快做出来给我，她也做到了。虽然离我的要求还有点距离，但是只要肯学，什么问题不能克服呢？

虽然我们还没有一起工作过，未来如何现在言之过早，但是主动争取的人，机会一定比别人多。

我想，任何用人单位，其实都不会真正拒绝新人，只要这个新人让人感觉是热爱学习、积极主动、认真负责的，没有人会拒绝这样的人。

每个用人单位都会提出自己的要求，但是请记住：没有什么要求是固定不变的，只要你身上具备足够打动别人的特质，任何条件都会为你让步。

人分两种，一种是发现自己不符合别人的要求，勃然大怒，愤怒地指责别人定的要求不对。还有一种是发现自己不符合别人的要求，积极为自己争取机会。无疑，后一种，才会成为人生的赢家。

我人生中的第一份工作，虽然顺利被录取了，但也并非一帆风顺，可是在跌跌撞撞的青春岁月里，我遇到了无数贵人，获得了无数宝贵经验。

记得有一次，我觉得公司有一项制度不合理，而我又是那种主见极强的姑娘，不认同的必然坚决反对。

那时，恰巧和一位高层吃饭，我说起这事以及我的看法，我至今记得高层是这样和我说的：

一、制度就是制度，每一个制度的出现，必然有其原因，不要局限在自己的眼光和思维里，觉得这里不对，那里不行。你该换一种思维，多问问为什么会制定这样的制度，当时有什么样的背景，为了解决什么样的问题，现在又有哪里已经不适用了，需要调整。也许你这样去想时，会明白可能是自己想得太简单，当然，也有可能单纯的眼光更能看出问题；

二、如果真的觉得有问题，当你做到第一点时，你提的意见也会比较全面而有价值。记住从平和客观的角度提出你自己的看法，别让人觉得这些规定是因为影响了你自己，所以你觉得不合理，这是大忌；

三、所谓制度，就是在没有废除之前，你必须遵守的东西，哪怕你认为它不合理。职场中死得最快最难看的，就是自视过高的人，想要挑战某些东西，要清楚自己的能力和定位。如果你是规则制定者，那你当然可以随时提出异议，如果你的能力已经达到老板都离不开你的程度，你当然也不在这个限制里。如果两点都不是，聪明人就知道该怎么做了。

从那时候起，我就告诉自己：少看不惯这个，看不惯那个。

要么你有能力推翻你所看不惯的这一切，由你去制定规则，让别人按照你的规则去做。要么你就好好遵守别人的规则，如果既没有推翻的能力，又不愿遵守别人的规则，那么，你会死得很难看。

很多人跟我抱怨领导如何如何不好，其实解决办法无非三个：要么你能取代他，要么你离开，要么就做好下属的本分。

如果既没有取代的能力，又不愿意离开，还看不惯领导，最后过得不如意的，只能是你自己。

这世上，最要命的就是能力不行，心态还不好，每一个过不好的人身上，必然会有这两种特点。

真正的爱情，从结婚后开始

十几年前，一位事业有成的姐姐问我要找一个什么样的男友，我笼统地回答说要找一个相爱的，很爱很爱。

她扑哧一声笑了："果然是个小丫头，把爱情看得比天大。我告诉你，爱情的保鲜期特别短，最多只有十八个月，大多数人连十八个月都没有，有的甚至只有两三个月，所以你不要以爱不爱为标准，要找条件好的男人，因为再相爱的情侣，走进婚姻后，都只剩下亲情了。你想想看，你父母的婚姻，是靠爱情维系的吗？你周围那些结婚后的夫妻，他们之间有很深的爱情吗？"

我仔细思索了一下，发现真的如她所说，就父母一代的婚姻，大多鸡飞狗跳，别说爱情了，连亲情都稀缺。

身边其他结婚的人，好像也没什么爱情，基本都是柴米油盐酱醋茶，日子过得比白开水还淡。

这一发现对我打击不小，如果婚姻就是这个样子的，那我一辈子都不想走进婚姻，天天和一个不是很相爱的男人衣食住行地过一辈子，想想都可怕。

所以，很长一段时间我对婚姻和爱情都提不起兴致，直到后来认识了Y。

彼时，Y已经结婚十几年，我问她爱情的保鲜期是不是特别短？

她说："不啊，我觉得爱情是可以一辈子的。"

我说别人告诉我爱情的保鲜期最多只有十八个月，婚姻是爱情的坟墓。

她笑了，说那不是爱情，是激情吧，激情确实维持不了多长时间，但婚姻绝对不是爱情的坟墓，难道不结婚，爱情就一直不变了吗？俩人终归会越来越熟悉的。

接着，她跟我讲了她的婚姻状况。

Y和她老公是曾经的同事，两人自由恋爱，随后走入婚姻，结婚后，一起干家务，相互扶持，日子虽然不是大富大贵，却也其乐融融。

每次她洗完衣服，她老公就会抢着晾出去，她洗完头发，她老公就会拿过吹风机帮她吹干。

没事的时候，两人可以各捧一本书，Y躺在老公的腿上，看到精彩处，相互探讨，在家待烦了，就一起出去度假。

她说："我们的婚姻确实没什么惊心动魄的地方，在很多人眼里也许就是居家过日子，但我知道我们有浓浓的爱在里面。爱情在不同阶段、不同时期会有不同的表现形式，不一定就是鲜花巧克力，也不一定非要爱得死去活来，它可能就在平平淡淡的生活里，但婚后的爱情，隽永温馨，让人心里踏实熨帖，等你结婚后，就知道这两者的区别了。真正的爱情，从结婚后开始。"

后来，我结婚了，才发现此言不虚。

我曾对比过自己在恋爱与婚姻中的不同。

恋爱时，我自觉是爱先生的，但这种爱更多是流于表面，比如他生病时，我会关心他病得怎么样了，也会叮嘱他好好休息，然后自己该干啥就干啥去了。

而结婚后就不一样了，比如去年，他摔了一跤，缝了好多针，看到他回来的那一刻，我的眼泪都差点出来了，一直问他疼不疼，想象着他当时缝针时的情况，心都疼了。此后一个月，我放下一切，一直在家里照顾他，那种心疼的感觉，到现在都挥之不去。

若是在恋爱时，我想我应该也会照顾他、心疼他，但这种心疼，可能到达不到心底，因为心态不同。恋爱时，我把自己和他看作两个个体，而结婚后，我把我们看成一个整体，他痛了病了，和我自己痛了病了是一样的。

恋爱时，他经常应酬熬夜，我从来不会干涉，他经常说我是最尊重别人的人，其实只对了一半。恋爱时我并没有把他当作“自己人”，所以很多事不会过于操心。

但结婚后就不一样了，我会叮嘱他少喝酒，也会关心他几点睡的，不是因为成为老婆就变唠叨了，而是发自内心去在乎一个人了。

恋爱时，我做很多事情，更多是考虑自己，偶尔才会想到他；但结婚后，再去做什么事，我就会忍不住去考虑他的感受，考虑我们的未来。可以说，恋爱时和结婚后，他在我心里的地位是不同的。

虽然他经常说恋爱时我经常会准备一些小礼物送给他，结婚后却几乎没送过了，恋爱时我会很浪漫地规划各种出游，结婚后，基本就以事业为主了。

但我自己知道，其实我现在比恋爱时更爱他，只是这种爱慢慢变成熟了，不再像以前一样，时不时地制造惊喜，没事找点架吵吵，感觉好像爱得惊天动地似的，其实，若真分手了，也就伤心难过一阵子而已。可是现在，他已经是我生命里最重要的人了，虽然我表现得不像以前那样浓烈，却已是心中最重。

很多女人认为，爱情是恋爱时的事，结婚就是居家过日子，爱情不再那么重要，最著名的言论就是“婚姻久了，爱情就变成亲情了”。

但其实，真正的爱情从婚后开始。

恋爱时，彼此会向对方展现最美好的一面，男人谈吐风趣，女人优雅得体；男人穿着讲究，女人精于打扮；男人温柔体贴，女人娇媚动人。

可是，那时候的我们，都不是最真实最放松的，我们爱上的是对方的精装版，自己呈现的亦是精装版。

爱上一个优秀美好的人是很容易的，我们喜欢的也都是对方的优点，但其实这种爱是没有经历过考验的。

所以很多人走入婚姻后，感情就急剧降温，甚至怀疑对方是不是换了个人：男人变得随心所欲，女人变得温柔不再。很多婚姻，就是这样破裂的，没有出轨，没有“小三”，就是对对方“爱无能”了。

事实上谁都没变，因为每个人都有优点和缺点，有美好的一面，也有不好的一面，谁也不例外。

婚姻生活，就是同时展现优点和缺点，那时候，我们看到的才是最真实的对方，不再是完美无缺的爱人，每个人都会走下神坛。

当我们见识到对方的那些缺点，却依然不改初衷，愿意和对方一起经营成长，那才是成熟的爱。

这样的爱，不会不切实际，不会求全责备，更不会疲惫不堪，我们依然可以做自己，不用小心翼翼地掩饰自己的缺点，不用时时刻刻塑造一个过于完美的自己，生怕对方因为我们的不完美而离开。

当爱情经历过生活的琐碎和繁杂，依然爱重对方，那才是爱情真正的开始，否则，爱得再浓烈，终究经不起生活的考验。

所以，婚姻不是爱情的终结，而是爱情真正的开始。

我什么都会了，还要老公干什么？

去年，闺密Nono受她阿姨所托，为她年近三十的表妹介绍一个靠谱的男朋友。Nono生性和我差不多，一般不喜欢接这种出力不讨好的事，但她阿姨小时候对她很好，她只能硬着头皮接下，然后把身边优秀靠谱且单身的青年罗列了一遍。

半年之内，她大概给表妹介绍了十来个对象吧，全部以失败告终，最长的一个也就维持了一个多月，基本上都是对方拒绝了她表妹。

Nono郁闷地对我说："亲爱的，我都不想再介绍下去了，就算真的成功了，我都觉得是害了人家的儿子，我这表妹……

有点一言难尽哪！”

Nono给她表妹介绍的第一个男人是同学的弟弟，做IT的，月薪两万，人品也不错，但她表妹嫌对方收入不够高。Nono吼她说你自己月薪才三千，还好意思嫌人家两万的？于是，她表妹只好不情不愿地试着了解一下。

但一个星期后，对方就委婉地说自己配不上她表妹，谢幕撤退了。据说，每次吃饭，她表妹都挑贵的、有情调的餐厅，次次让男方埋单，理由是小气的男人绝对不能嫁，而对方觉得她表妹根本不是一个可以过日子的人。

Nono无奈，只好继续为她物色，第二个男人是她老公的朋友，一个律师，有自己的律所，虽然规模不大，但已非常不错。两人只见了一面，对方就果断撤退了，不知道是不是律师的眼睛都比较毒，勉强吃完饭后，他就表达了两人不合适的意思。

但她表妹一定要知道原因，Nono只好让老公探探口风，对方说自己喜欢思想独立、人格独立、可以一起并肩作战的女人，不想找那种一心只想靠老公的女人。

她表妹听了很生气，怒气冲冲地说：“我还不想嫁呢，律师都太精明，一点亏都不肯吃，只想着找对自己的事业有帮助的女人。算了，他看不上我，我还看不上他呢，否则万一离婚，我哪里是一个律师的对手？”

后面，Nono介绍了几个条件相对普通的男人，她很清楚自己表妹属于什么层次，真正优秀成熟的男人确实不太可能会喜欢她表妹这一类。她阿姨也劝女儿要求不要太高，毕竟也要考虑自己的条件，她表妹虽然不高兴，但也没说什么。

只是，即使条件普通的男人，见过她表妹后，基本也都敬谢不敏了，有一个难得坚持了一个多月，最后还是放弃了。

最后一个男人是个“海龟”，家里条件很好，不折不扣的富二代，据说以前是喜欢Nono的，但败给了她老公，现在两人已经成为好朋友，对方一直未娶。本来他并不在Nono的考虑范围之内，但架不住她阿姨催得厉害，她只好死马当成活马医了。Nono说要给他介绍女朋友时，他也欣然接受了。

对于这个对象，她表妹很满意，觉得对方的条件非常符合自己的要求。那时候适逢七夕，一大早她表妹就在微信上问人家送她什么礼物，对方一愣，估计原本觉得刚认识，不想这么快就过情人节。但既然女方提起，他也不好拒绝，就问她表妹喜欢什么，于是，她表妹毫不客气地带他去奢侈品专柜，要了一个爱马仕包包。

回来后，他就和Nono来了一次深谈，问Nono是不是故意整他。Nono连忙道歉，说真没这个意思，只是想看看两人有没有缘分，如果不合适，就当她没提过。

“海龟”叹息着说：“我原本想，你的表妹应该和你差距不大，毕竟都沾着亲带着故，认识一下也无所谓，没想到一样米养百样人，这完全是一个梦想着靠婚姻过上富太太生活的女人嘛！其实女人有这样的想法也没错，但首先自己要提高到那个层次。”

Nono无言以对，从那之后就不肯再给表妹介绍对象了。她表妹约不到人，一直找她，希望她出面，Nono被缠得没办法，只好避重就轻，说两人差距太大。

她表妹似乎很中意对方，忙问她差距在哪里，她可以努力追上。

Nono说真正条件好的男人，喜欢有头脑、经济独立、思想独立、人格独立的女人，否则很难和他们有精神上的交流，要嫁给这样的男人，最好做到以上几点。

哪知她表妹一听，非常不高兴地说：“如果一个女人什么都独立了，什么都可以自己做到，那她还要老公干什么？她完全可以一个人过，根本不用结婚。”

被她这么一说，Nono顿时也被问住了，在我们聚会时，她把这个问题甩给了我，说：“老实说，我也觉得我表妹问题很大，但是她说的话好像也有点道理，我都不知道怎么回答她，你怎么看呢？”

我笑着说：“我们在座的人都结婚了，你觉得我们是因为经济不独立、人格不独立、生活不独立，才进入婚姻的吗？难道结婚的人都是因为这个才结婚的？我们结婚是因为遇到了喜欢的人，想和他共度这一生。”

Nono恍然大悟，说终于知道这话的荒谬之处在哪里了。

其实抱有这种想法的女人大有人在，有时候，我若写一篇以女人独立为中心思想的文章，就能收到一大堆这样的留言：女人要是都独立了，还要男人干什么？

甚至有很多女人认为，假如女人什么都能自己搞定，男人们就该娶不到老婆了，因为女人不需要他们了。

但我的看法正好相反，当女人真正能够做到经济独立、人格独立时，会大大提高婚姻的质量，起码，女人不用为了年纪、条件，而去将就一个不怎么喜欢的人，也不会在婚姻出现问题的时候，因为经济、年纪等外在因素，不得不在一场不幸的婚姻里消磨自己的人生。

一开始，她们就可以抛开一切外界的声音，遵从自己的内心，去选择或者等待一个自己真正喜欢的男人。因为人格独立，她不会因为别人的话而随便选择一个男人结婚；因为经济独立，她不会只盯着对方的条件；因为生活独立，她不会在婚姻生活里没有男人就活不下去，她不再是他的附庸，他亦不再是她的主宰，他们能够在婚姻里做到平等、互爱，一起成长。

这样的婚姻，才是真正成就一个女人的，再看看那些说“如果女人什么都会了，还要男人干什么”的女人的婚姻，大多不幸福。

男人婚内出轨，她们伤心、难过，也想过放弃这样的婚姻，但是这样的念头只能想想，很快就会被现实扼杀，她们想得更多的是：我一个人根本养不起孩子，我都这把年纪了，再找也找不到好的啊！于是，只能日复一日地度过自己的余生，安慰自己天下哪有不出轨的男人，其他女人的婚姻也一样。

男人冷漠自私，她们郁闷、气愤，但无计可施，心寒至极时，也想过要这样的婚姻到底有何意义？可是她们不敢挑战世俗，哪怕婚姻名存实亡，哪怕这个男人在婚姻里毫不付出，她们也得安慰自己为了孩子忍下去，因为人格不独立，无法承受外界的眼光。

女人经济独立、思想独立、生活独立的最大意义是：她可以选择自己喜欢的生活方式，也可以拒绝自己不喜欢的一切。

男人只愿意为这样的女人付出！

朋友F约我和她一起去看房子，她说看看年底出手会不会更划算，她想买一套大一点的房子，明年有大用处。

大概女人天生对看房子情有独钟吧，虽然年前还有一堆事等我安排，我还是放下手头的一堆事，爽快地答应了。

陪着F转了一上午的楼盘，她看中了一套近三百平方米的大房子，那个小区已经开盘几年了，现在都已经进入清盘阶段，价格和之前相比每平方米少了将近3000元。

虽然不知道未来是涨是跌，但我们一致认为这个价格已经很合适了。F是个雷厉风行的爽快人，交了定金就算决定了。

然后，我们就在旁边的商场吃饭，刚刚定下房子，F心情很好，整个人容光焕发，神采飞扬。

以前我和F几乎每个月聚一次，自从弄了平台和翡翠，我们聚会和聊天的时间都大大缩减了，而今年，她也是忙得脚不沾地，我们只是偶尔在微信上相互问候一下。

F喝了一口果汁，舒服地叹了口气："女人真的得有独立的经济能力啊！亲爱的，你知道吗？这套房子是我自己努力买的，给定金的那一刻，我心里真的好高兴好有成就感，这种感觉就是别人送我十套房子都不会有的。我想，这应该就是你说的底气了，有底气地活着，真好！"

我笑道："这话我时不时就会对我平台里的姑娘们强调一番。这一年我看见太多姑娘对我倾诉自己的问题，有的老公出轨就是常态，有心离婚，可是生活都成了问题，只好就这样煎熬着；有的是被婆家轻视，过得没有尊严，却连改变的能力都没有。我恨不得把这种观念种到她们心里，希望她们自强自立。不过对你我从来不说这话，你老公对你，真的很好。"

F点点头，算是同意我的话，然后，她说要告诉我一个秘密，正是这个秘密促使她两年来放弃安逸的生活，重新进入社会，拥有如今的一席之地。

F和老公结婚已经五年了，我们周围的人都知道她老公待她极好，无论是物质上还是精神上，对她都尽心尽力。

F也愉快地做了两年多的小女人，每天购物逛街做美容，把自己保养得仿如十八岁少女。

但是突然有一天，F说她不要过这样的生活了，她要重新寻找自己的价值，她要拥有自己的事业。

我生性比较敏感，问她是否发生了什么事，当时她笑笑说没有，就是在家里待烦了。见她不愿意说，我就没有多问。

这次她主动跟我说："亲爱的，你的洞悉力真的很强，那年我突然要做自己的事业，确实是发生了点事。"

原来那年春节前，F的老公跟她说今年赚来的钱会全部交给她打理，见老公这样的态度，她也很高兴，觉得自己真的没有嫁错人，依然过着幸福小女人的日子。

可是真的临到过年时，她老公确实给了她钱，但只是原先告诉她的数字的一半。虽然只有一半，但也挺可观的，可是她丝毫没有喜悦之情，忍了半天，还是忍不住开口问了。

老公有点不好意思，可能因为之前说过全部给她的，便解释说夫妻两人，一人打理一半不是也挺好的吗？

一直备受宠爱的F根本不能接受这样的结果，她打开家里的保险箱，把老公给她的首饰、房子、卡，全部扔给她老公，说："我要的爱就是100%的，如果只有一半，那你就全部收回去吧，我不稀罕！"

那一刻，她甚至产生了离婚的念头，不想跟这男人过了。

她老公没想到她反应会如此之大，说既然她这么介意，那就全部给她吧！

F心高气傲，觉得要来的东西毫无意义，那一年，她什么钱都没要，在她老公的百般解释下，两人勉强和好了，但她心里深深地种下了一根刺。

第二年刚开春，她一改以前吃喝玩乐的状态，比我们谁都拼命，这个养尊处优的家伙，提着重重的行李箱，到处考察市场。

F很聪明，也很努力，很快就找到了自己喜欢的事业，并且做得很好，当然其中的辛苦和困难，也是一重一重的。

F说，原先做的时候是憋着一股子气的，就想向她老公证明：没有你，我也可以过得很好，我不稀罕你的钱，我自己也能赚钱。

可是在打拼事业时，她的心态渐渐变了，回想刚结婚的那两年，她整天就是吃喝玩乐，对家里的事也不太上心，她老公给了她不少东西，可是她没有用心打理，让它们都变成了死钱。

假如两人位置对换，看见这样的老婆，自己也不愿意把财产都交给她打理啊！其实老公愿意给自己一半，已经很照顾她的心情了。

而且，在做自己的事业时，她更体会到赚钱是多么不容易，有那么多关系要协调，有那么多事情要处理，甚至还有不得不受的委屈，这一切，让她渐渐懂得换位思考。

因为知道赚钱不容易，她无法看着自己的钱贬值，于是又努力学习投资和理财，让自己的财富变得越来越多。她的成绩是显而易见的，也是令我们所有人刮目相看的。

她老公见老婆如此能干，也很开心，但F已经没了当初斗法的心思，因为她以实际行动向老公证明了她的能力。

今年又接近尾声了，前几天，她老公就把所有收入捧到她面前，请她接收。她挑挑眉道："还是你自己保管吧！"

她老公单膝跪地搞笑道："老婆，请你收下吧！以前我有眼无珠，没发现你的能力，求求你拿着吧！"

F扑哧一声笑了，两人之间，再无芥蒂。

F感慨地对我说："我很喜欢你以前打过的一个比喻，银行是更喜欢贷款给资金周转良好的企业，还是更喜欢贷款给一无所有的企业呢？在感情中也是一样，自己拥有的越多，别人就越愿意给，自己越一无所有，对方越看不上你。"

我笑着补充道："是啊！还有一点，我们努力，就是为了永远不失去选择权，无论生活给我们什么样的考验，我们都不会一蹶不振！"

F点点头，拿起杯子和我一碰，彼此一笑饮尽。

出门后，我和F狠狠地拥抱对方，相互鼓励道：

"亲爱的，我们一起努力，做最好的自己！"

最怕你不够爱他，也不够爱你自己

一位姑娘给我写邮件，说她今年二十八岁，有一个谈了两年的男朋友，可是男朋友老家在山村里，非常穷，下面还有一个弟弟、一个妹妹，全家收入都不够在大城市摆一桌酒席的，于是，她父母要她赶紧分手，找个经济条件好一点的。

就她自己而言，她也担心男朋友家这么穷，以后买房买车不但丝毫给不了他们帮助，还会拖累他们，尤其是他的弟弟妹妹们。在他们老家，老大有照顾弟弟妹妹的义务，一想起这些，她就觉得应该听父母的，以免以后的日子太辛苦。

可另一方面男朋友本身人品很好，恋爱的两年时间里，他对她照顾得无微不至，工作也非常努力，勤快节俭，对她却很大方，她喜欢什么，只要他能做到，一定会不遗余力满足她，而且他们之间也是有真感情的。

就因为男朋友的家境而放弃这段感情，她心里挺舍不得的，而且自己年纪也不小了，再重新找，万一找的还不如现在这个呢？所以她很纠结，不知道自己应该怎么做。

不过，求助最多的并非这类故事，而是“我要不要离婚”。

前两天就有一位妹子给我留言，她说老公出轨已经两年了，和“小三”一直藕断丝连，她想过原谅他，但内心过不了自己这一关，可是离婚又顾忌太多，怕对孩子的成长不利，怕别人的异样眼光，更怕以后一辈子孤独终老，希望我给她一些建议，她到底应该离婚还是应该继续保持这段婚姻。

我发现日子过得拧巴的人，都有一个特点：选择纠结症。

在公司上班，看见别人辞职后纷纷创业成功，赚得盆满钵满，于是心猿意马，恨不得自己也立刻成功，辞职的念头立刻进入脑海。可是真当要辞职了，又纠结起来：万一我创业失败，不但没有赚到钱，连工作都没有了，怎么办呢？

相亲认识个男人，感觉不好也不坏，条件不错，就是少了点感觉，一直纠结在放弃还是接受中，怕接受了，万一以后遇到真爱了怎么办？更怕拒绝了，万一后面没有更好的怎么办？

有了孩子后，一边是希望能天天陪在天真可爱的孩子身边，伴他长大，又担心不上班没有收入，与社会脱节，更怕自己没有经济能力的时候，老公抛弃自己，于是，不知道选择在家带娃，还是出去挣钱。

无论选择哪条路，都心有不甘，总想着没去走的那条路上是什么风景，这样的心态，能把日子过好才怪呢！

事实上，这种问题别人根本帮不了你，你得问自己，到底想要什么。比如那位姑娘，如果你想要的是富裕的生活，那么果断地放弃现在的男朋友，重新去找一个经济条件好的，既不耽误他，也不耽误你自己。如果你觉得和他之间的感情比经济更重要，那么就别管你父母怎么说，坚定地和他在一起，共同面对未来的风风雨雨。

你之所以如此纠结，就是因为你既不够爱他，也不够爱你自己。如果你很爱他，你父母怎么反对都没用，他的原生家庭再穷都没关系，因为你只想和他在一起，其他都是次要的。或者你要是足够爱自己，不想未来的人生面对如此多的不确定因素，在看到他的原生家庭后，就干脆地分手了。

还有那位妹子，如果你只是想要一个形式上的婚姻，那么就选择不离婚，如果想要一个忠贞的爱人，那么就离婚后再找。你离婚后孩子的成长会怎样，别人会怎么看你，以后会不会孤独终老，谁都无法告诉你，一切看你自己如何去做。

至于是带娃还是上班，如果你认为陪伴孩子长大是最重要的，其他事都可以放在其次，那就专心在家教育孩子；如果你觉得自我成长才是最重要的，那么就果断地走出去，寻找自己的价值。

归根到底，就是什么才是你心中最重要的。一个人最重要的就是得明白自己想要的是什么。没有任何人能够代替你生活，自然无法帮你选择。

当然，这些人其实想要的不是选择，而是一个两全其美的办法，既不用失去这，也能够兼顾那。有人说，不要同时追两只兔子，否则只会一只都追不到，不过生活中确实有一部分人能够做到，比如找到相爱条件又好的另一半；既有自己的事业，又能亲自照顾孩子。

但说句残忍的话：这些人当中，肯定不包括连选择都要别人帮忙的人，因为一个连选择能力都欠缺的人，根本不具备两全其美的能力，甚至一全其美的能力也够呛。

曾经认识一位姑娘，那时候她有感情烦恼，爱上了一个有家室的男人，我和她断断续续聊了两三年，她的所有生活都可以归结为一个字：累。

是的，连我这个局外人都感觉累。

那时候她和我说她真的特别特别爱他，觉得除了他，再也找不到如此灵魂契合的人了，可是想到他不离婚，又实在难受，问我该怎么办。

我说如果你最爱的是自己，那么，果断离开他，去寻找完全属于你的男人；如果你最爱的人是他，失去他生命都了无乐趣，那就继续爱他，别想着他离婚的事了。

可是她做不到，离开他心里实在舍不得，包容他的婚姻，又实在内心煎熬得很，每天都过得无比纠结，一会儿说再次见到他就提分手，一会儿又说如果失去他感觉自己活不下去了。

最后，我打了一段话给她：如果你爱他超过爱你自己，那么，他有没有婚姻，你都会甘之如饴地继续下去，无论前景多么暗淡，未来多么遥远，你都会说服自己走下去，哪怕他待你诸般不好，你都能给他找好理由，无论谁劝你放弃，你都不会接受；如果你最爱的是你自己，那么肯定会在短暂迷茫后，倏然惊醒，知道自己的岁月不应该如此蹉跎，更不会在一个已婚男人身上付出太多真情。因为你爱他，却爱得不彻底，所以无法容忍他有家，无法全心全意对你，也因为你爱自己，却爱得不够，所以你不知道什么才是真正对自己好。

生活中最怕的就是既不够爱他，也不够爱自己，永远不肯主动选择，非要等到时机逝去，机会不再，然后随波逐流，彻底被生活打入尘埃，终生都在这样的状态下生活：既没有过上富裕的生活，也没有经营好当初的爱情；既没有维系好自己的婚姻，也失去了重新选择的机会；既没有把事业做好，也没有把孩子带好。

然后，看见别人过得风生水起，一边羡慕一边嫉妒一边追忆，假如当初自己怎样怎样，现在就会如何如何，蓦然回首，发现人生已无多少余剩，一辈子就这么过去了……

女人的地位，由这两点决定

最近偶遇一家精致小店，里面的东西都是手工制作，非常符合我的眼缘，一来二去，我就和老板娘混熟了，时时翻翻她的朋友圈，看有没有新品过来。

有一次，她在朋友圈里发了很多新品，特别漂亮，于是，我抽了个空去她店里。实物比照片还要好看，我看看这件，看看那件，哪件都舍不得放弃，因为都是唯一的，不过这种手工制作的东西都不便宜，我便和她商量，如果我多挑几件，能否给我优惠。

老板娘为人实在，并不油滑，反过来诚恳地问我：“你希望多少？”

呃，我想了想，报给她一个略低的价格，毕竟议价总要几个回合。哪知道她也不继续跟我谈，只是告诉我：“这个价格比我老公告诉我的最低价要低，但你买得多，我帮你问问。”

然后，她就开始给她老公发微信，在等待她老公回复的过程中，我们开始聊天。

我笑着说：“看店的不是你吗？怎么卖不卖还要问你老公啊？你不能做主吗？”

她不好意思地笑笑：“如果我卖低了，回去我老公会骂死我的。”

如果是其他人这么说，我会当成一种做生意的手段，但这个老板娘实在太老实了，我相信她说的是事实。

她继续说：“我们那里的女人不像你们这里，地位很低的，过年吃饭都不能上桌，只能在厨房里忙活，男人说什么就是什么，一点地位都没有。我现在还算好的呢，跟着他出来了，能帮忙看店，地位已经比以前高多了，你们南方女人真幸福。”

一直听说北方有些地方吃饭不让女人上桌，男人特别大男子主义，但我并没有在北方生活过，也不是很了解，就很有兴趣地听她说。

我问她为什么不反抗，干吗男人说什么就是什么，惯得他们一身毛病，老婆就是用来好好疼的，在老婆面前耍威风算什么男人？

她吃惊地问我："反抗？大家都这样过，我反抗有什么用？说不定还得挨打呢！"

我顿时不知道该说什么了，一个人早就习惯了不公平的对待，失去了抗争的心，其他人说什么都没有用。不过她完全习惯了这样的生活方式，没有觉得有任何委屈，这样也挺好的，我就不再和她说那些男女平等的事了。本来人家过得好好的，却被完全不同的观念影响，反而对她的生活有害，不过我感觉得出来，她对我们这里的女人能够被老公和婆家尊重、能够当家做主这一点，还是非常羡慕的，她说下辈子绝对要嫁到南方来。

然后，我又听她说了会儿他们那里的女人过的生活，她老公就回复了，说买得多就卖给她吧！

老板娘很开心地帮我一件件包好，送我出门。

回去的路上，我想起了另一位嫁给北方男人的朋友。

朋友是上海人，典型的南方姑娘，结婚是在上海结的，第一年回老公家时，她婆婆就对她说让她去厨房帮忙。

虽然她在家从来没有干过家务，过年都是吃现成的，但现在毕竟身份已经转换，干坐着等吃好像也不太礼貌，于是，她顺从地去厨房帮忙了。

走之前，她拉了拉老公，示意老公和她一起去，她老公却面露难色，说："我们这里男方不进厨房的。"

她婆婆也赶紧拦在面前："等下会有人来串门，让他在前面招待吧！"

于是，她没再坚持，和两个小姑子一起忙活了半天。

到吃饭的时候，她很自然地坐到老公身边，并且招呼老公的兄弟姐妹一起入座。

她婆婆像见了鬼似的说："男人都赶紧上桌，女人都去厨房吃吧！"

她怀疑自己耳朵出了毛病，女人要到厨房里吃饭？她又不是丫头奴婢，为什么要去厨房吃饭？而几个嫂子和小姑子，已经乖乖去了厨房。

她老公小声对她说："我们这里的习俗就是这样的，女人不能上桌，你委屈一下，回到上海我再补偿你。"

朋友顿时怒了："你要我第一次上你们家，端个碗在厨房里吃饭？"

老公说："我们这里的女人都是这样的，不会有人嘲笑你的。"

朋友冷冷地说："但我会嘲笑，既然是一家人，为什么不在一起吃饭？非要男人在厅堂，女人在厨房？"

然后，朋友简单收拾了一下自己的行李，直接打车去市里找了家酒店，开了间房。

其间她老公多次打电话、发微信给她，说她太不懂事了，这样跑掉让他很没面子，还说因为这件事，他父母对她的印象非常不好。

她从鼻子里哼了一声，心想：这种家庭，这种风俗，我一点都不稀罕，还在乎你父母对我印象好不好吗？

后来，她一个人回了上海，在父母家过了剩下的年。

她老公给她打电话，意思是如果她能好好给自己的父母道个歉，他们的婚姻还能继续。

她不耐烦地回复：反正结婚没多久，要离婚也简单，我年轻又未生育，也不怕找不到好的，你还是回去找你们村里的姑娘吧！

当时，她是抱有离婚的念头的，因为了解自己的性格，做不到一辈子委曲求全。

结果，她老公㞞了，说他也是没办法，他们那里的习俗就是这样，不是故意为难她，这么多年都过来了，他妈他妹妹们都是这样过的。

她回复说："不好意思，我在上海长大，你喜欢你们那里的风俗就慢慢喜欢，反正我不接受。"

几天后，男人回上海上班，不知道是不是环境的缘故，回到上海，他又变回勤快体贴的老公，不但不再提离婚的事，甚至多番求和。她想了想，确实对他还有感情，除了老家那事，两人平时在上海相处得也是可以的。

如今，十年过去了，她再也没有回婆家过过年，婆家对她的要求一低再低，通过她老公转达：只要肯回来过年，绝对不用再遵守那里的风俗，一切按照她的喜好来。

她却不愿意回去了，也通过她老公转达她的意思：如果公婆想来上海过年，她热烈欢迎，但她是不愿意再回去的。

据她老公说，她公婆对几个嫂子是各种使唤和挑剔，唯独不敢对她过多要求，而且那里的人更担心子女离婚后面上不好看，见她完全不怕离婚，反倒不敢再说她什么。

后来她跟我们分析，其实她老公平时对她还是挺好挺尊重的，但毕竟是在那个环境下长大的，第一次带她回去的时候，估计也抱着这种心态：如果她能够接受他们那里的风俗，那么他也省了很多麻烦，毕竟对抗风俗还是需要勇气的。

但后来见她反应那么大，和稀泥是和不下去了，最后他只能选择站在她这边。

现在，朋友过得很幸福，生了一个女儿，老公家那些女人不能上桌、重男轻女的风俗在他们家没有传承，她用自己的行动为自己和女儿营造了一个不被轻视的环境。

和那些没有勇气争取、日子过得无比憋屈、到处抱怨的女人相比，朋友无疑是勇敢的，她的经历也告诉我们，没有什么东西是一成不变的，哪怕是那些封建陋习，只要你不愿意接受，没有人可以逼你。

如果你见识与运气兼具，遇到的男人重情重义，对你爱护备至、尊重有加，婆家通情达理、善待媳妇，那么，你不必费太多心思，只要好好相处即可。

但倘若不是，你遇到的男人和婆家并没有这种优良传统，那么你只有两个选择，一是果断离开这种家庭，如果不想离开，那么，所有的地位与权益，都得靠自己争取。如果你是烂泥糊不上墙的性格，那么被欺负到死，也没人帮得了你，你只能到处发发牢骚，事实上，于你的处境一点帮助都没有。

感情中，这种做法最恶心

有一次，路过朋友所在的城市，顺道去看她，第二天我本打算自己去机场，朋友却很热情周到，一定要她的司机送我。

司机姓周，大家都叫他小周，为人非常腼腆老实，到酒店来接我时，能感觉到很小心翼翼。为了让他放松些，我便主动找话题和他聊天。

我问他结婚了没，他一愣，脸色迷茫，我心想，是不是这话题不应该问？可是他的表情也太奇怪了。

然后，他点点头说："结了，去年9月结的。"我说哦，他又赶紧说，"不对，是8月结的，我记错了，不好意思。"

我笑笑，心里却想这刚刚结婚的人，怎么连几月结婚的都会记错啊！

小周大概看出我在想什么，叹了口气说道："不好意思，晚情姐，让你见笑了，其实这婚姻我并不是很喜欢，因为我忘不了前任。"

到机场有两个小时车程，小周便开始给我讲他的故事。

小周和前任足足谈了十年恋爱，从十八岁到二十八岁，他们是同学，一开始是偷偷恋爱的，直到大学，才渐渐敢出双入对。

小周很爱那个女孩，一心想娶她，可是对方的父母反对，因为小周的父母只是工薪阶层，家里不是很富裕。但两人还是偷偷爱着，从大学到毕业，从毕业到工作，小周心想，总有一天他会得到叔叔阿姨的认同，他对女朋友的好，是众所周知的。

工作一年后，看着身边的人一对对结成连理，小周也希望能够名正言顺地和女孩在一起，就提出上门见见女方父母。

女朋友支支吾吾百般推托，被问得急了，就告诉小周："我爸妈不同意我和你交往，你上门没有好结果的，还是再等等吧！"

这一等，就是三年，他们恋爱已经足足九年了，其间小周不止一次问女朋友，什么时候去见见她父母，女孩总是顾左右而言他。

第十年时，小周眼看着就快三十了，他很认真地对女朋友说："让我见见你父母吧，这一关迟早要过的，我爸妈也希望我们早点定下来，不如我们两家父母一起坐下来聊聊，也不是讨论婚事，就是接触接触，你看可好？有我父母在，你爸妈也不至于太为难我是吧？"

在小周的多番坚持下，女朋友终于答应了。

小周的父母很重视这次见面，老两口特意买了两身新衣服，打扮得焕然一新，又去买了不少礼品。按当地的风俗，男方要给女方准备礼物，女方则不需要。

小周也精心准备着，这是自己求来的机会，他想着好好表现，争取叔叔阿姨对自己的好感，也许见了面，他们会喜欢自己呢？人与人之间，毕竟是靠相处的。

然而，小周一辈子也忘不了那次见面的难堪。

双方父母坐下之后，话没说几句，菜没吃两口，对方父母就很直接地对他们说："本来我们是不想来的，但不来又怕你不死心。我们不喜欢你，因为你的家境太差了，我们挑女婿是有要求的，你只不过是一个司机，我们怎么可能把女儿嫁给你？"

小周做梦也没有想到，女朋友的父母会当着自己父母的面说这番话，他永远忘不了父母的表情，屈辱、难堪、气愤、哀伤以及深深的无助，如果他知道会是这样，打死他也不会让父母来受这种屈辱。而最令他难受的是女朋友从头到尾低着头，一句话都没说。

回家后，他父母依然气得胸膛起伏，虽然他们家不富裕，可这辈子也没被人这么打过脸，他们只是不富裕而已，也没穷到哪里去，至于这么被人看不起吗？

所以，他爸爸说："儿子，分手吧！不是我们做父母的不理解你，今天你也看到了，他们根本看不起你，这样的人家勉强扯上关系，你也会一辈子低声下气。虽然我和你妈不是什么人上人，但也不忍心看你这么委曲求全。"

他妈妈说："你爸说得对，如果今天只是她父母这样，我们做父母的受点委屈也没什么，毕竟你的幸福最重要。可是你看那姑娘，从头到尾一声不吭，连为你说句话都没有，这以后的日子怎么过呢？"

小周很痛苦，父母辛苦了一辈子，让他们受这样的委屈，他心里也不好过，对女朋友的表现也确实很失望，不知道该如何是好。

从那天起，父母就开始积极为他物色对象，而他还想再做做努力，问女朋友到底能不能嫁给他。女朋友含糊其词，就是没有一个明确的答案，只说父母那边态度坚决，始终不同意。

听了这些话，小周心灰意懒，终于接受父母的安排，和一位贤惠朴实的姑娘结了婚。

然而，在两人结婚前一晚，前女友打电话给他，哭着说她会一辈子等他的，所以他都不知道自己是怎么完成婚礼的。

小周说，其实老婆是个非常不错的女人，对他好，对他父母也很好，可是自己对她就是没有和前女友在一起时那种感觉，他觉得自己像被撕裂了一样，心和身是分离的。

小周的神情充满了追忆和痛苦，我却听得火冒三丈，我说："你知道如果我是你，结婚前听到有人给我打这样一个电话，我会怎么说吗？"

小周疑惑地看着我，我说："我会跟她说，有他妈多远就给老子滚他妈多远，别恶心了。"

小周惊讶地看着我："晚情姐，你说粗话？"

我不否认："对，跟当当学的，不这么说没法表达我的心情。这样一个女人，你有什么好念念不忘的？什么叫一辈子等你？她是打算做'小三'还是盼你离婚？在别人结婚前打这种电话，要不要脸？要么她就直接说她豁出去了，无论如何都要和你结婚，直接把你从婚礼上抢走，都比打这种电话光明磊落得多。”

小周愣愣地看着我，我继续道：“十年了，一个女人要是真爱你，早就嫁给你了。如果我要是真爱一个人，任何人都阻止不了我嫁给他。我不认识你前女友，但光从你说的这些事里，我就觉得这女人不怎么样。十年都解决不了一个问题，说明能力不行，更说明性格不好，懦弱逃避，什么都想要，什么都不愿意失去；十年都没有一个明确的态度，说明爱得不纯，不愿意为感情真正努力一次；十年后已分手，还要去搅和对方的婚姻，说明人品不行。要是自己真的无法给对方结果，那就好好放手，让对方追寻自己的幸福，打这种电话给一个即将结婚的前男友，其心可诛，很恶心。”

小周讷讷地说：“她其实也没这么坏……”

我翻了个白眼：“不是杀人放火才叫坏，钝刀子杀人更残忍。不管她是好是坏，已经是过去式了，你应该把注意力放到你老婆身上。其实你对你老婆很不公平，在你心有所爱的时候娶了她，你心里有别人都觉得她人挺好的，说明她真的是挺好的，远比你那不知所谓的前女友好一万倍。不要舍珠玉而就瓦砾，别等到失去再后悔。”

这样聊着，很快就到了机场，我不知道小周听进去多少，但愿他能清醒，知道什么人该忘却、什么人该珍惜。

取行李箱时，他说："晚情姐，我一直以为你是特别温和的人。"

我说："一是我确实觉得你前女友的行为恶心到我了，二是因为时间太短，我怕你听不进去，好好珍惜你老婆吧！"

小周应了一声，挥手和我告别。不远处突然有一架飞机冲向云霄，我的脑海里蓦地想起两句诗：满目山河空念远，不如怜取眼前人。

希望这世上所有良善之人，都被珍惜爱重。也希望人人都有一双慧眼，看清这世间所有的真情假意。

高层次女人和低层次女人的区别

前几天，我整理电脑里的文件时，看见了几张旧照片，心情突然有点失落，尤其是看到我和M的合影，想到已经几年不联系了，有点感慨，但并不后悔。

M曾经是我的好朋友，那时候我刚毕业，而她比我大六岁，已年近三十，未婚，她的人缘不太好，说话不太顾及别人的感受，总是得罪人。

但我并不介意，说话直虽然不是什么优点，但总比口蜜腹剑好，而且她对我是不错的。

M长得挺漂亮的，尤其是皮肤，吹弹可破，而且基本没怎么保养过，这让我羡慕不已，但不知道怎么的，她就是没有异性缘，所以一直没有遇到合适的伴侣。

这个社会对女人经常充满恶意，尤其是对大龄未婚女性。所以，经常有女人不怀好意地问M到底打算什么时候结婚啊，总不能就这么单身一辈子吧？不管怎么样，女人都得有个老公的。

M可不是委曲求全的性子，当下就怼回去："为什么不能，吃你家大米了？有空管我的事，不如好好管自己家吧！"

说的人往往碰一鼻子灰，于是M得罪的人更多了，但我理解她，三十未婚本来就承受着很大的心理压力，亲人的、社会的，还要加上周围一堆不怀好意的"关怀"，任谁都不可能欣然接受。

M经常对我说："你说这些人是不是吃饱了没事干啊？我结不结婚跟她们有一毛钱关系吗？更搞笑的是有的女人自己老公出轨，有的过得无比憋屈，她们怎么还这么有优越感呢？她们的那种老公，倒贴我我都不要。"

我只能经常开导她，这些人的话，别往心里去，开开心心过日子最重要。

好在两年后，M就遇到了自己的真命天子，在三十二岁那年，她结束了单身生活。

年纪大一点结婚也是有好处的，起码经济上会比较宽裕，两人把积蓄凑了凑，按揭买了一套一百平方米的房子，举行了简单的婚礼，从此，开启了婚姻生活。

自从M结婚后，那些不怀好意的问候没有了，虽然偶尔也会有人酸溜溜地说M总算是嫁出去了，但更多人对她是接纳的态度，因为她不再另类，和大家一样了。

那时候，我终于明白为什么很多人可以在婚姻上将就，因为在世俗眼里，结婚意味着过上了正常人的生活，所以，内心不强大的人，往往扛不住各种压力，无法遵从自己的内心。

但清净日子没过多久，M又有了新的烦恼，之前催婚的人改催生孩子了。

这个说："M啊，你结婚本来就晚，女人可是有最佳生育年龄的，你得抓紧时间啊！"

那个说："M啊，没有孩子的婚姻是不完整的，女人必须有个自己的孩子，年纪大了生孩子会出现很多问题的，你可要赶紧准备啊！"

偏偏不知道怎么回事，M结婚整整两年了都没动静，我并没有在意，以为她想先过两年二人世界，直到有一天，她偷偷跑来问我："之前你不是有个朋友一直生不出孩子，找了个老中医吃了半年药，后来生了两个吗？你能不能帮我打听打听，我也想去看看。”

那时候我才知道，M一直想要孩子的，可能有时候越想要，心情越焦虑，越怀不上吧！

我把那朋友的联系方式给了她，她也开始吃药调理，不知道是心情放松了，还是充满信心的缘故，不到一年她就怀孕了，隔年生了个儿子。

M能得偿所愿，我也替她高兴，但渐渐地，我觉得她越来越陌生。

曾经，她饱受被人催婚的压力，心中郁闷可想而知，可结婚生子后，她看见那些有点年纪的未婚姑娘，总是问人家什么时候结婚。有时候明知道对方会尴尬，她照问不误，我在她眼中，看见了和曾经“关怀”她的那些人相似的不怀好意。

没结婚前，她最讨厌那些已婚妇女天天盯着别人问什么时候结婚，可是当她自己结婚后，最热衷的就是问别人什么时候结婚。我不知道这是一种什么心理，不是己所不欲，勿施于人吗?

没生孩子之前，她最讨厌那些有孩子的女人天天催她什么时候生孩子，搞得她焦虑不安，可是当她有了孩子后，最热衷的就是问别人什么时候生孩子，甚至，我在她眼中看到了一抹恶意。

虽说朋友没有十全十美的，但我真的不喜欢M这个样子，我宁愿她是未婚前那种心直口快、但毫无恶意的性格。

我结婚后，一直没要孩子，那时候我并不知道自己能不能生孩子，只是对孩子无感，觉得两个人过日子挺好的。可是，M天天跟我说，没有孩子的女人是不完整的，我感知能力极强，几乎能立刻分辨出对方是好意还是歹意。

很遗憾，我在M的话里听出了一丝幸灾乐祸的意味，她经常无意识地表现出“你是不是身体有毛病”那种感觉。

于是，我渐渐疏远了她，即便她没有丝毫恶意，我也不喜欢把自己的意志和生活方式强加到别人头上那种行为。

说起M，不得不说起我的另一个闺密，她的年纪和M差不多，但一直没有结婚，我二十出头就认识她了，关系极为亲密。

我们周围挺多人晚婚的，不是拒绝婚姻，而是没有遇到合适的，不想将就，若别人自嘲一把年纪了还没把自己嫁出去，她会笑得很温柔：“你有我大吗？我都不急，你急什么啊？别管别人怎么说，自己的感受最重要。”

而如果别人结婚了，她也不会有任何酸溜溜的情绪，总会给予最真挚的祝福。

我今年三十多岁才要孩子，说实话，身边很多人催过我，只有她，我说我不想要孩子，她会很理解地说：“没关系，不想要的时候，咱就不要，孩子这种事还是要慎重，一旦生出来，可是一辈子的责任，必须自己想要了才能生。”

怀孕后，我告诉她这个消息，她立刻发了个红包过来：“你和彦总的基因那么好，肯定会生一个聪明可爱的宝宝。”

可以说，和她相处特别舒服，她不会让你感觉到一丝压力或一丝恶意。

所以，即便我们现在相隔几千公里，也会想办法见面，平时见不了面，也会经常在微信上聊天，感情从来没有变过。

我一直认为，她才是一个最高级最优秀的女人，因为她懂得尊重各种各样的生活方式，也能理解每个人的选择。

很多人为什么令人讨厌？因为他们喜欢把自己的意志和生活方式强加到别人头上，一旦别人不接受，就释放各种恶意，那些催人结婚生孩子的人，莫不如此。

低层次的女人，永远在求同，看见和自己活得不一样的人，看见别人活得比自己自由、比自己潇洒，就想着如何让对方变得和自己一样；而高层次的女人，必然明白每个人经历不同、追求不同、喜好不同，只要不伤害别人，她可以选择任何一种生活方式，她们让人感到被尊重、被理解，仿佛十里春风。

从怀孕到生娃，女人必须明白一件事

前段时间我加了几个孕妈群，偶尔也会点开看看大家在聊什么。

昨天，有个二胎妈妈在群里控诉婆婆："当初，我根本没有生二胎的打算，是我婆婆跟我说一个孩子太寂寞了，以后没有兄弟姐妹帮衬，一个孩子得供养四个老人，压力实在太大了，如果有兄弟姐妹的话，这世上就多了一个亲人，等父母走了以后，他们就是最亲的人。她还说趁她现在还不算老，能帮我带孩子，要生就早点生，以后等她老得动不了了，想帮都没力气了。我被她说得心动，就怀孕了。结果，她迷上了广场舞，天天去跳，出了月子后，根本不帮我带孩子，还说她没几年好活了，晚年想过点自己的生活。你们说，遇到这种婆婆该怎么办？”

别人除了安慰她，也没其他办法，毕竟谁也无法过去帮她带孩子。如今，她老公的工作需要经常出差，她一个人带着两个孩子，每天都过得很抓狂，她觉得这一切都是婆婆害的。

这位妈妈还说等婆婆老了，她一定也会让她尝尝苦头，现在不帮她带孩子，老了也别指望她照顾。

这个婆婆有没有错？肯定有，第一，不应该去干涉小辈的生育选择；第二，不应该大包大揽，最后还食言。

可是，把自己的生活主动权交到别人手中，本来就是极不明智的事，现在是婆婆迷上了跳广场舞，所以这位妈妈怨气很大，可如果婆婆不是迷上跳舞，而是身体出现状况了呢？难道逼着她带病带娃吗？

说说我自己的故事吧！

我怀孕不到四个月的时候，先生就和我去考察医院和月子会所了，并在五个月的时候，确定了医院和月子会所，只等孩子降临。

本来，我们觉得自己安排得挺好，自力更生，主动承担属于我们的责任。

但我妈和我姑姑们意见很大，觉得我可以回娘家坐月子，娘家人多又热闹，去什么月子会所，冷冷清清的。

她们还觉得如果我嫌娘家条件不够好，也可以在自己家里坐月子，她们过来照顾我和宝宝，如今我选了月子会所，她们就没有用武之地了。

再者，她们都是舍不得花钱的人，虽然从头到尾我们都不啃老，她们也认为去月子会所这笔钱完全可以省下来，孩子出生以后要花钱的地方多着呢！

我大姑姑恨恨地说："小畜生现在翅膀硬了，哪里还需要我们？她恨不得我们都不要去烦她。"

小姑姑说："你刚出生的时候就是我照顾的，弄得可好了，我的水平一点不比那些有证的月嫂差。"

我妈郁闷地说："你去月子会所，人家会怎么说我？还以为我不愿意照顾你，搞得你不得不去月子会所，你叫我把脸往哪搁？"

为这事，她们看到我就唠叨，怪我选那么远的医院和月子会所，去看我都不方便。

但现在我只庆幸当初坚持了自己的决定。

前几天，小表弟放了寒假特别兴奋，抱着他的滑板车和一群小伙伴去广场玩，结果你追我赶玩得太疯，一下子收不住势头，重重地摔在地上，半天爬不起来，哭得上气不接下气，小姑姑赶紧带他去医院检查，毫无悬念，骨折了，打了厚厚的石膏，鼻青脸肿的。

小姑姑打电话抱歉地跟我说，小表弟伤筋动骨一百天，估计她无法抽身了。

我说："没事没事，反正月子会所什么都会安排好的，你好好照顾表弟就行了。"

她安慰我说："虽然我不能去了，但还有你大姑姑和你妈呢！"

结果前天我大姑姑的公公突然去世，我老家小县城里规矩比较多，家里料理过丧事的人，三个月内不能去别人家参加喜事，以免有所冲撞。

大姑姑打电话给我说："本来你生的那天我一定会赶到的，现在我是不能去了，免得带霉运给你。"

姑姑们不能来了，我妈倒是挺高兴的，她一直觉得小时候对我太差，希望在我生孩子的时候好好表现。但计划赶不上变化，她有胆结石，之前我就一直提醒她趁早去动手术，可她觉得一点都不痛，干吗自己找罪受呢？但就在这几天，她开始疼了，腰都直不起来，非常难受，不得已只好去医院。医生说怎么不早点去看，现在都长很大了，于是，只能尽快做手术。

我妈抱歉地对我说："你还有十几天就要生了，我刚动完手术也过不去，你怎么办啊？"

我忙说："你自己安心休息吧，我这里早就都安排好了。"

她说："还是你有先见之明，要不然月子里可怎么办啊？"

其实，哪里有什么先见之明，之前怎么想也不可能想到三个要照顾我帮我带孩子的人会同时出现状况，但就是这么巧合地发生了。

我不怪她们，因为她们也不想的，而她们的缺席也并不会从本质上摧毁我的生活。

原本我就想着，自己找好医院和月子会所，她们有空就来看看，逗逗孩子，没空我就和先生度过这段特殊的日子，如今，也只不过是出现后一种情况而已。

我也很庆幸自己基本上不太有依赖思想，否则现在说不定已经怨气横生，觉得一个个之前说得那么好，抢着要来，事到临头却一个都来不了，搞得我措手不及。这段特殊的日子，甚至会成为我的噩梦。而现在，我一点点抱怨的想法都没有，只是觉得人生本来就有很多意料不到的事会发生，只有自己有足够的能力，才能通过人生给出的一个个考验。

我从不认为我们应该和长辈完全划清界限，什么事情都必须自己搞定，这不是独立，是逞强，但也不能事事依赖长辈，离开长辈生活就无法正常运转。

最好的状态是：长辈愿意来帮忙，让他们锦上添花一下也不错，但没有他们，自己也不至于抓瞎。对于成年人而言，任何人的帮助只能是锦上添花，否则生活一定会狠狠地教训你。

就像那位二胎妈妈，假如她在做选择之前先设想一下：如果没有任何助力，我有没有时间和精力独自把孩子带好？那就不至于落到进退两难的地步。

成熟的人都明白一个道理：没有谁能替我们负重前行一辈子，父母会老去，爱人亦有可能先走，再幸福的人，一生当中，都会有一段时间独自前行。

所以，我们要享受有人付出的温暖，也要有能力独自面对人生的风风雨雨。

没有一种好生活，是从天而降的

我发表了《从怀孕到生娃，女人必须明白一件事》后，收到了很多留言，有一种留言，令人无力，并且数量还不少。

比如：我当然知道女人要独立，你能做到独立，是因为你有经济条件，如果你没钱去月子会所，也没钱请月嫂，你怎么独立？

比如：谁不想按自己的喜好过日子？可是也得有这个命，你能自己的生活自己做主，那是因为你命好，如果命不好，怎么办？

再比如：作者说得轻松，去得起月子会所，说明你家里条件不差，可是你要知道，很多女人都是丧偶式婚姻里的宝妈，你体会不到我们的苦，永远也体会不了。

当我把这篇文章发到朋友圈后，连我儿时的玩伴都留言说：你运气好，找了个好老公，自己事业又顺利，所以你当然可以想怎么过就怎么过，但不是每个人都有这种运气的。

其他人的消息我都没有回，但她的留言，我还是认真回复了：别人不了解我的成长过程，会觉得我站着说话不腰疼，难道连你都不知道我这一路是怎么走过来的吗？真的是因为我运气好吗？

她回我说：难道不是吗？

我说：如果你不生气的话，我们可以聊聊这个话题。

她说她不会生气，得到她的保证后，我开始和她聊这个话题。

我们是同一年出生的，当时我们两家的条件差不多，后来，我父母迷上赌博，把好好一个家弄得债台高筑，而她爸爸恰恰相反，那时候我们周围很多家庭跑运输，她爸也不甘落后，买了卡车跑起运输。她爸爸很勤劳，收入很好，没几年，她家就在市中心买了商品房，她也去了市里的学校上学。她走的那天，我又羡慕又不舍，而我，只能在小县城里上学。

因为她爷爷奶奶还住在这里，她每个周末和寒暑假都会回来，我们依然经常在一起玩。有一次，她回来时戴了一副特别漂亮的耳环，我到现在还记得，那是她爸爸去上海时带回来的紫水晶耳环，价格是十三块。我特别喜欢那副耳环，她便爽快地取下来让我试戴。我现在从事珠宝行业，可能就是那时候埋下的种子吧！

她见我这么喜欢，说："送给你吧，我下次叫我爸再买一副回来就是了。"

我很感谢她的慷慨，但拒绝了，因为这东西不属于我，以后我还会喜欢上其他东西，难道都叫别人送给我吗？

后来，我们都升了初中，她在市里念，我依然在小县城。我知道除了好好念书，我没有别的出路，所以我一直很用功，成绩也不错。

那时候，她回来偷偷告诉我，她喜欢上了一个男生，我很惊愕，我说我们现在的任务是好好学习，谈恋爱太早了吧？她说恋爱哪有早晚啊，我劝她以学习为主，以后有的是时间谈恋爱，她没有听，那段时间也很少回来了。

后来她妈恨恨地说她成绩下滑得很厉害，不知道在干吗。我知道她在干吗，但我不能说。

高考的时候，她落榜了，她爸妈气过恨过，决定让她复读一年。第二年，她总算考上了大学，但成绩很勉强，和好的大学无缘。她妈自嘲地说："算了，她就不是读书的料，勉强混个大学文凭就行，名牌大学是别指望了。"

她没有意见，事实上她已经非常讨厌上学了。

大学里，她依然忙着谈恋爱，也经常问我有没有谈，我说没有，她便无限遗憾地说："大学里不谈恋爱，你是去坐牢的吗？你可是在上海念大学啊，上海多开放啊，我估计你在小县城里待傻了。"

后来，虽然她复读了一年，但我们仍然是同一年毕业的，我应聘到一家公司上班，她爸爸动用了所有关系，给她找了份不错的工作。

上班后，她爸为了鼓励她，给她买了一辆车，一年后，又为她买了套单身公寓。我时常想，她拥有的这些东西，我不知道需要奋斗几年才能拥有，但我知道，我努力的话，还有可能拥有，如果我不努力，连拥有的可能都没有。

后来，我们都结婚了，她比我先有孩子，有了孩子后，她妈妈过去帮她带孩子，但她们经常发生矛盾，她一怒之下把她妈赶了回来，自己辞职带孩子。她妈很生气地在我们面前骂她任性，好好的工作说辞就辞了，再想进去可不容易。但我觉得能自己带孩子是最好的，她有她的选择。

几年后，她的孩子上幼儿园了，她开始有大把的时间了，我以为她会继续工作，但她妈告诉我，她依然没上班，而是学会了打麻将，几乎天天都有牌局。起初她老公并没有说什么，觉得打几场麻将没什么大不了的，但是时间长了，他就不高兴了，对她的态度渐渐差了起来，尤其在经济上，对她苛刻起来，他们经常吵架。

这时候，她父母也老了，没多少能力帮她了，因为心情郁闷，她更加沉迷于麻将，直到今天。

说完这些后，她久久无语，我有点不安，提醒她我们事先说好不准生气的。

良久，她才说："我不是生气，而是在反思。你说得没错，几乎把我们俩的前半生都说到了，我的起点其实比你好很多，可是现在你已经甩我很远了。我也不知道我怎么会弄到这步田地，其实，我现在的日子真的很不好过。"

我不知道她的日子到底怎样，但仰人鼻息，绝对舒服不到哪里去。

她问我她该怎么办。

我说："先把麻将戒了吧，趁你还没有失去一切，也许一开始你会觉得打麻将的日子非常轻松，但是越到后面，就会觉得越难；自己努力的日子非常辛苦，但越到后面，会觉得日子越来越轻松，什么事都很顺心。

她似乎被鼓舞了，说她真的应该戒掉麻将，无论对自己还是对孩子，都应该戒了。

我不知道她能不能做到，但起码她已经有这个意愿了，我们毕竟从小相识，有着多年情谊，我希望她能过得幸福一些。

很多人一旦遇到问题，总喜欢寻找外部原因，但凡事总是先因后果，你现在的生活里，藏着你一路走来的轨迹，你是努力还是懈怠，可以欺骗别人，也可以欺骗自己，但无法欺骗生活。

这世上的大部分人，都不是含着金汤匙出生的，想过什么样的日子，需要自己去努力。

有的人只能被生活压垮，有的人却能按照自己的意志生活，前者总认为后者幸运，却不知道他们要克服多少人性中的惰性，付出多少倍努力，才能绕开生活的不堪。

诚如那位读者的留言，我确实体会不到她们的苦，也根本不想去体会，我所有的努力，就是为了让自己永远不必去体会这种苦。而我最大的心愿，也是希望所有看我文章的姑娘，早早为自己的人生储备资本，永远不用去体会这样的苦。

为什么过来人都告诉你，不要嫁给这种男人

在娘家住着的那段日子，有家馄饨店的馄饨做得特别好吃，每天早上小姑姑都会邀我去吃。

店面不大，放着六张小桌子，店主是外地人，两口煮馄饨的锅放在外面，他做好后，有一个帮工麻利地穿梭在人群中，把一碗碗热气腾腾的馄饨端给客人。他老婆则在后面带孩子，一家人脸上尽是风霜。

我感慨道："每个人的生活，都很不容易啊！"

我小姑姑不甚赞同地说："你可别小看人家，他们早上卖馄饨，下午做煎饼，一个月下来，收入也有四五万呢，比起那

些上班的人，收入不知道高多少。你肯定不知道吧，他们在这里已经买了一套房子、一间小商铺，日子过得殷实着呢！”

我有点吃惊，又打量了一下这个小店，这么个小小的店，一年也有五六十万的收入？

小姑姑继续跟我说：“他们这还算中等的，前面还有家人开了个排档，卖快餐的，你应该也吃过，开了十几年了，人家房子买了一套又一套，铺子还买了整排呢！这个世界啊，只要你肯吃苦，肯踏实干，日子就差不了。”

小姑姑无心的话，我深以为然。

我想起前不久，在老家看到的那些事。

那天周末，我在廊下晒太阳，长辈们吃着甘蔗、嗑着瓜子在闲聊，其中一位远房婶婶叹息：“我女儿都快愁死我了，非要嫁给那个穷小子，怎么说都不听。我不能眼睁睁地看着她跳火坑啊，可是我说什么她都不听，说多了还跟我急，我怎么才能阻止她呢？”

我妈劝道：“唉，现在的孩子主意大，也不会听你的、我女儿还不是一样，她什么时候听过我的？有时候我说东，她偏往西，我也没办法啊，随她们去吧！”

婶婶说：“这不一样，要是换了情情，这种男人跪着求她，她都不会要。我女儿蠢呀，死活要嫁给他。我敢保证，如果我女儿嫁给这小子，日后有她哭的时候。”

然后，婶婶就开始倾诉对穷小子的不满了。

对方今年二十九岁，毕业已经六年了，换了十几份工作，一开始，他们并不反对女儿的恋情，甚至在对方要换工作时，还尽心尽力地帮忙，其中有两份，还是他们利用关系找的呢！

结果，对方干几个月就不干了，不是说那工作不是他的兴趣所在，就是嫌待遇不够好，或者同事不好相处，总之就是不顺心，不想干了。

所以，尽管工作六年了，竟然没有积蓄，而他的父母也是那种只管今天、不管明天的人，什么都不操心，美其名曰“儿孙自有儿孙福”，据说家里还有些外债。

婶婶说：“这样的家庭，我怎么可以让女儿嫁过去呢？我也不是不讲道理的人，一开始也没有反对，可是越看越觉得不行，这完全是可以预见的悲剧。”

这时候，另一位男性亲戚插嘴道：“我说嫂子啊，你这可有点势利眼啊，人家穷你就看不起人家，人家富你就贴上去是吧？”

婶婶不爽了，挖苦道：“哦，我忘了，不小心把你也说进去了。”

这位男性亲戚比起婶婶的女儿喜欢的穷小子有过之而无不

及，一辈子懒懒散散。小县城的人讲究人情互助，亲戚朋友帮他介绍了无数份工作，他不但不感激人家，还觉得自己受到了侮辱。

比如他会开车，人家给他介绍了一份给老总开车的工作，他哼了一声说："叫我给他开车？他凭什么啊？就凭有几个钱？他那脑子连我的一根头发都不如，不过是走了狗屎运，以为有钱人真的就聪明了？"

家里人气个半死，但气归气，还是希望他能有份正经工作，又给他介绍了一个跑业务的活儿，他听了更拽："给我总经理我都不想当，还当业务员？有没有搞错？我只不过时运还没来，等我时运来了，你们就等着看吧！"

家里人还不死心，又托人介绍了一份政府里的工作，想着在政府工作，虽然不是正式编制，总归体面了吧，谁知他说："去政府当临时工？叫我去当省长我还得考虑一下呢，就我的才干，他们用得起吗？"

后来，就没什么人管他了，但血缘亲情是个很奇怪的东西，哪怕再失望，再恨铁不成钢，也不会真的不管他。所以前不久，他的堂弟又想把他介绍到自己工作的地方，待遇不错，工作很轻松，以后也有个保障。他的家人一听，非常感激堂弟，结果他说："不去，政府我都不去，还去他那里？这些工作都傻子才干，还得受人管束，有毛病的才去。”

他堂弟气得大骂他一场。

所以，他继续他白日做梦的日子，总觉得什么时候机会来了，他就能一飞冲天，所有人就都崇拜他、敬仰他了。

可怜他的老婆孩子，一辈子受苦受穷不够，还要忍受他的无耻，不过我老家离婚率很低，大多是忍一辈子。

所以，哪怕他是长辈，我见到他，也从来不爱搭理，因为我觉得他不配得到我的尊重，在我眼里，穷困潦倒、孤独终老才是他该有的人生。

几年前，我写过一篇文章《穷太久就是你的错》，当时引爆网络，受到很多赞许，也引来很多谩骂，认为文章歧视穷人，尤其是歧视男人穷。

其实，只要认真看的人都明白，穷只是一个结果，那篇文章抨击的并不是穷，而是不上进。

有些地方的穷，是无可奈何，比如那些偏远山区，自然环境恶劣，教育资源缺乏，所谓的致富思维、眼界和格局，离他们都太遥远，他们只能凭着一身力气，不让自己和家人饿死，即便如此努力，日子依然穷困潦倒；还有一种是遇到了天灾人祸，短时间之内把人打入了尘埃。这两种穷，我们不但不应该歧视，还应该为这些和命运抗争的人提供自己力所能及的帮助。

然而，我看过的更多的穷，并非天灾，也非人祸，而是一个人的心性所致。

我虽出生于小县城，但这小县城地处沿海发达城市，不说遍地黄金，要混个小康日子，只要稍稍努力一点，就可做到。比如夫妻俩一起去上班，用心一点，一个月收入就可上万，加上养育一个孩子，虽然不能大富大贵，但过过日子总是可以的。

可是很多人照样很穷，穷得到处借钱，原因无他，不愿努力，不愿吃苦，只想着不劳而获，这种穷，真的是活该。

曾经我是个爱情至上的人，认为只要有爱，哪怕吃糠咽菜都是幸福的，只要有爱，什么困难都是可以克服的。

如今，我只想劝所有姑娘，不是说男人穷就一定不能嫁，但你一定要搞清楚他为什么穷，因为穷的背后，原因有很多种，如果是遇到了什么重大变故，一夜变穷，而你们感情很深，依然可以考虑。如果他出身山村，特别贫穷，可是人非常不错，你也愿意陪他吃苦，这也可以。

但如果不是这两种原因，你就该深思了。如果身处发达地区，也无天灾人祸，却家贫如洗，起码说明两个原因：第一，他不够努力，不够上进，那么嫁给这种男人，你这辈子会过什么样的日子，已经不用我多说了；第二，他的父母不够努力，不够上进，那么，即使你们两个很努力，摊上这样的公婆，也够你闹心的。

穷，只是一个结果，从来不是孤立的，它可以说明很多问题：上进心、头脑、远见等，而这些是一个人必不可少的东西。女人千万不能拿终身幸福，去赌一个已经可以预见的悲剧。

老实人到底能不能嫁?

朋友N给我打电话，用很吃惊的语气跟我说："你知道吗？筠筠离婚了，她老公提出来的。没想到这男人刚刚升上副总，就提出离婚，太不是东西了。看来男人有钱就变坏，真是亘古不变的道理。你想想看，她老公是外地人，在这里没有一点基础，谈了几次恋爱，人家都嫌他没房没车，只有筠筠一点不嫌弃他，义无反顾地嫁给了他，体贴贤惠，一路支持他的工作，不然他怎么可能发展得这么快？"

见我没什么反应，她不满地说："你怎么一点都不惊讶啊，是不是早就知道了？你知道了却不告诉我，太不够朋友了，你看我一得到消息，立刻打电话给你。”

我说我不知道，但我觉得这样的结局并不让人意外，没什么好惊讶的。

N还在感慨：“真不知道这世上什么男人可靠了，找个有钱男人吧，诱惑太多，一堆女人盯着，说不定什么时候就出轨了；找个没钱的老实男人吧，结果还是要离婚，唉……”

筠筠和我同年，我们曾经还是校友，当时在同一个公司相遇，还觉得挺有缘分的。

她老公和她一个公司的，当时有女朋友，已经谈了一年，但后来谈婚论嫁时，遭到女方父母的强烈反对，理由就像N说的，他不是本地人，没房没车，女方父母不愿意女儿嫁给他还要租房住，执意要女儿分手。

一开始，他女朋友还坚持着，但架不住父母轮流洗脑，渐渐也开始嫌弃他了。他做了多方努力，向女方父母保证三年内一定买上房，也向女朋友保证，这辈子保证会对她好，别人有的，他也一定会努力给她。

但是，他女朋友还是和他分手了，理由是女孩子的青春太宝贵，她等不起，更不想去赌一个未知的未来。

分手后，他一度很消沉，还是一位相熟高层鼓励他：“小伙子，不就失个恋吗？大丈夫何患无妻？人家嫌你穷，你就努力工作，混出个人模人样来，等你事业有成了，还怕找不到老婆吗？你这么意志消沉，才真的让别人看笑话，如果我是你，我就奋发图强，让曾经看不起我的人都后悔去吧！”

不知道是不是高层的话刺激了他，他很快就振作起来，工作比以前更加努力，甚至到了拼命的程度。

事业和爱情最大的区别就是：爱情不一定付出就有回报，事业却是一份付出一份回报。

因为工作出色，他在一年之内连续升了两次职，他很少说话，都是默默做事，即使遇到不平事，也很少计较什么，在大家眼里，这是一个不折不扣的老实人。

后来，他被前女友及其父母嫌弃导致分手的事被大家知道了，很多人为他不平，更多的则是帮他介绍女朋友，筠筠也是被介绍对象的其中之一。

最终，他选择了筠筠，虽然当时他已经连续升了两次职，就双方条件而言，筠筠还是高出他不少。

本来这是大家喜闻乐见的事，但有一次，他在某个场合说：“他们（前女友及其父母）嫌弃我是外地人，所以我打定主意，一定要娶个本地姑娘给他们看看，而且条件必须比他们好。现在，我做到了。”

很多人说他好样的，不蒸馒头争口气，我却因为这番话觉得这个男人挺可怕的，更对他老实人的人设产生了怀疑。

但这并不妨碍在大家眼里，他是个上进努力的五好青年。

筠筠的父母当时也对他外地人这一身份有过一丝迟疑，但彼时他已不可同日而语，虽然还没有买房，但已经具备买房的能力，虽然还是中层，但前途一片光明。

所以，在短暂迟疑后，筠筠的父母就同意了他们的婚事。

结婚后，筠筠跟着他租了一年房子，然后搬去了三室两厅的新房，就在这年年底，他升任部长，薪水又迈上一个台阶。

一切都在朝好的方向发展，大家都说筠筠挺有眼光的，找了一个潜力股。没多久，筠筠怀孕了，因为身体虚弱需要好好休养，索性辞职在家安心养胎。

此时，公司组织架构重组，设立了新部门，核心层非常重视新部门的发展，要在中高层领导中选择一个人负责这一块，筠筠的老公第一个向公司请愿去新部门，并保证一定在最短时间内把新部门带出成绩。

领导本来就喜欢他工作起来拼命的劲头，在当时的人选里，他确实也是最出色、最合适的，于是就委任他为新部门的负责人，职位又上升一级，年薪已经接近百万。

我们平时聚会时，偶尔也会说起他，很多人开玩笑说看来要男人成功，必须有个刺激他的女人才行，看筠筠的老公，几年时间就成为高层了，而且他才三十多岁，以后还会有更好的发展。

我心里却隐隐觉得，如果他的事业到此为止，也许婚姻还能保住，但若职位再有所上升，筠筠的婚姻怕是凶多吉少了。

我之所以有这种预感，是因为前几天遇到筠筠的好友，她愤愤地跟我说："别以为筠筠过得很幸福，其实她过得很可怜，这男人随着职位和收入的变化，对筠筠越来越差，甚至对筠筠的父母都态度嚣张，经常说以前别人看不起他，现在不还得巴结着他？其实筠筠真的很贤惠，可是这个男人越发过分。你要是看到她就会知道她过得很不好，听说她老公还和一个女人不清不楚的，他们的婚姻，已经千疮百孔了。"

不得不说，这男人在事业上还是很有能力的，三年时间，在他的带领下，新部门风生水起，业绩节节攀升，甚至超越了领导的预期。

而他，也毫无悬念地再次升职，成为副总，于是越发觉得老婆配不上自己。

事实上，如今事业有成的他，确实和当年已经大不一样，无论是打扮还是谈吐，已是一副成功人士的模样。

起初，他碍于影响并没有提出离婚，但在婚姻中实施冷暴力，希望筠筠受不了主动离婚。但筠筠一向传统，极能忍耐，即便婚姻像丧偶，依然辛苦度日。

最后，他耐心尽失，终于提出了离婚。可怜的筠筠，无论是眼泪还是哀求，都没能使这个男人有一丝丝心软，筠筠的父母老泪纵横：当初多老实的一个人啊，怎么会变成这样呢？

很多女人喜欢找个老实人嫁，觉得这样的男人安全，不会伤害自己，结果嫁了老实人后，发现被伤得更重，于是，又感慨嫁老实男人太亏，反正都会被伤害，还不如嫁个幽默风趣的，起码日子比较有趣，甚至认为老实人比一般男人更可恶。

其实，这真的是冤枉老实人了，很多女人连什么是老实人都分辨不了，就兴冲冲地嫁给了所谓的老实人，殊不知，很多“老实人”并非真正老实，而是在自己没有资本不老实时压抑了本性而已。当条件成熟时，他们真正的一面才会表现出来，而这一面，才是他们的本来面目。

永远不要与人性为敌

这些年来，我听过太多故事，也帮很多人分析过问题，尤其是情感问题，只要对方把大致事情一讲，我就能非常准确地判断出事情的走向与结局。曾经我以为自己真的特别厉害，所以能够精准地预测别人的行为。

但这几年来，我一直在总结和反思，突然发现所有问题的发展与走向，根本不是我预测出来的，很大程度上是由对方的人性决定的，而我之所以能够一语中的，是因为我从不与人性为敌。

而那些向我咨询的人，之所以屡屡被骗，并不是因为他们不听我的话，而是因为他们与人性为敌，不愿意相信真实的人性，只愿意相信自己的想象。

关于这一点，我的舅舅舅妈最具代表性。

就在昨天，我的一个弟弟跑来告诉我，说舅舅舅妈想让儿子来跟着我和先生发展，我感到匪夷所思，说不可能吧！

我之所以有这种反应，是因为这个表哥目前欠了几百万赌债，被高利贷追债，在外跑路一年多了，而他在跑路之前，把身边能骗的亲戚朋友全部骗了一遍，带着几十万走的。他在跑路过程中，也并没有切断与家里的联系，一直在问家里要钱，以供他在外面潇洒。而在这之前，他已经欺骗过亲戚朋友六七次。

所以，我当时的反应是弟弟在逗我。

但是，当天我舅舅舅妈就来跟我说这件事，说这次表哥是真心悔改，让我帮帮他！我说："你们怎么确定这次他就是真心悔改呢？如果我没记错的话，他这已经是第六次真心悔改了吧？"

但这些话他们是自动忽略的，坚持相信自己的宝贝儿子这次打算改邪归正，而且他在外面过得那么苦，都是亲戚，给他一次机会。

我什么都没说，默默打开手机微信，请他们看一看最近这些天，他们的宝贝疙瘩是怎么过的（我不只一个微信，并且很早就设置了不让他看我的朋友圈，他把亲戚朋友都屏蔽了，唯独漏了我的其中一个微信）。

动态里赫然显示了他这些日子的行程：今天去看桃花了，昨天在酒吧玩到深夜，前天去看樱花了，大前天穿着名牌衣服在海边玩。

在事实面前，舅舅舅妈从惊愕到破口大骂，最后灰溜溜地走了，说以后永远不会再相信他的鬼话了。但我知道，下一次，他们还是会信的，因为他们一直在与人性为敌。

前段时间，我还分析过一个情感故事。

一位姑娘出身不错，嫁给一个穷小子，起初对方对她很是珍视，没多久两人就有了孩子。但对方本性渐露，不但吃喝挥霍，还对她进行家暴，而她为了孩子一直忍着。可是没过多久，对方就在外面有了其他女人，逼她离婚，甚至转移财产，直接起诉。

可离婚不到半年，对方就回来找她求和了，说外面的女人都是逢场作戏，老婆还是原配好，以后一定会努力做一个好老公、好爸爸，弥补这些年对他们的亏欠，还下跪道歉，说只要她给他机会，他一定会重新做人。

姑娘内心很想原谅她，跑来问我，我给的意见是：我并不觉得对方是真心改过，也许是另有目的。如果你实在想原谅他，那就先观望一段时间，如果对方真的决心改过，再考虑是否和好。

姑娘问我为什么认为对方不是真心改过。我说因为他把顺序颠倒了，他应该先有改过的行为，再来求得原谅，而不是要她先原谅，他再改过，难道她不原谅他，他就不决定做一个好人了吗？

但姑娘最终还是在最短时间内原谅了他，一开始对方确实表现得不错，每天对她嘘寒问暖、关怀备至，一个星期后姑娘还特地跑来告诉我说："他真的已经改了，对我比以前还好，其实我觉得你把人看得太坏了。"

可是前几天，姑娘哭着来找我，说她又一次被他骗了，对方说要买车，打算拉客，帮家里多赚点钱。姑娘一听，这是好事啊，把存款全部取了出来，又问小姐妹借了一些钱，把车给买了。而更糟糕的是，在对方的甜言蜜语下，车主的名字是对方的，得到车后，对方又一次扬长而去。

我并不认为我比这位姑娘高明，只是作为旁观者，能看清一些人性上的本质，并且愿意面对真实的人性。

和很多受伤的姑娘聊天时，我发现大多数人并不是真糊涂，什么都看不清楚。其实作为当事人，她们比谁都清楚对方是什么样的人，但她们的内心总有一个声音在呐喊：也许他这次真的改了呢？但这样的希望最后总是被打得七零八落。不是别人没有祝福她，也不是她的运气不好，而是因为她与人性为敌。

人性这东西，有几个特征一定要知道。

首先，人性是个中性的东西，不是所有人性都是善的，也不是所有人性都是恶的。很多人总是极端地看待人性，认为人性本恶，可是你会发现这个世界上就是存在善良无比、舍己为人、大公无私的人，在他们身上，你几乎看不到人性中的一点点恶。把人性看得太恶的人，容易错失生命中的美好与贵人。

但还有很多人认为人性本善，总认为这世界上全是好人，即使有恶人，那也是对方一时走错了路，于是在生活中，他们总会遇到把他们骗得团团转、伤害到体无完肤的人，但即使这样，他们依然相信对方下一次一定不会再欺骗自己，不断给对方机会继续伤害自己。

其次，人性是不固定的，不是说一个人是恶的，他就永远是恶的，是善的他就永远不会做坏事，更多时候，人性总是随着环境不断改变。

喜欢看电视剧的人都知道，尤其是宫廷剧，很多人物一开始出现时，天真可爱，善良无比，但经历过一些事后，或者只是因为嫉妒，就变得无恶不作。而有些人一出场，属于人神共愤的角色，但随着剧情的推进以及遭遇的一系列事情，在某一个节点，便会弃恶从善。

这一特征，正是最考验人的地方，也是很多人频频受伤的原因。当一个人已经弃善从恶，你不愿意相信，就会被打入十八层地狱；当一个人已经改邪归正，你不愿意相信，会把对方打入十八层地狱。

再次，人性往往善恶交织。

生活中，很少有人是纯粹的善良或恶毒，每个人在不同的事件中，也许会表现出截然不同的一面。

曾经有报道称，一位在医院做清洁的女工，多年不孕，特别渴望孩子，在打扫时，看见一个出生没几天的孩子玉雪可爱，终于忍不住把孩子抱回来据为己有，但之后一直受良心谴责，终于归还孩子。

还有一个著名事件就是《神雕侠侣》中的女魔头李莫愁，一生杀人无数，令人闻风丧胆，有一次她掳走了黄蓉的小女儿郭襄，当时所有人都觉得这小女娃小命休矣，但李莫愁不但没有伤害她，甚至为了救她愿意把命都搭上。

可是她并未改邪归正，此次事件过后，她依然杀人如麻。

所以，一个好人，不代表他一生之中做的每一件事都是好事；同样，一个坏人，也有可能扶老奶奶过马路，带孩子找父母，一点都不奇怪。

最后，人性没那么深奥，总是有迹可寻的。

很多人觉得人性是个高深莫测的东西，因为它太变化多端了。经常会遇到一些姑娘问我怎样选择伴侣，其实很简单，不要与人性为敌即可。

判断对方是否潜力股，有时候真不好说，因为谁都不知道另一个人未来会有怎样的机遇。但人性不同，对方所做的每一件事，都与他的性情、观念密不可分，只要细心留意，并且客观公正，并不难看出对方是个什么样的人。

但这有一个前提——时间，时间会将一切好的坏的如实呈现，有些人认识不到一个星期就登记结婚了，这种情况，完全是凭运气押宝，要在这么短的时间里看清楚一个人的性情，要么对方毫不掩饰，要么你的水平炉火纯青，否则何谈了解?

另外，人性虽然一直在变化，但它的变化是个缓慢的过程，没有一个好人一夜之间就变得十恶不赦，也没有一个坏人莫名其妙就变得很好，这中间总会经历很多心理活动，只看你有没有仔细留意了。

经常听到来求助的姑娘说：他以前不是这样的，现在突然变得冷酷至极。

我是不相信这种说法的，会出现这种情况，只有两种可能：第一，他本来就是这样，只是从前掩饰了而已；第二，他早就在变化了，只是你没有感觉到，或者感觉到了却没当一回事。

那些频频受伤的人，并不是运气不好，也不是对方太坏，是因为他们始终在与真实的人性对抗。

一个男人伤害过你，而你轻易原谅他，没让对方付出任何代价，那么，他很可能会继续伤害你，因为他明知道会伤害你还是选择做了，起码说明两点：一、你在他心里的分量很有限，二、他的人品有问题。你不肯相信并面对这两点，就是与人性为敌。

一个孩子，已经表现出白眼狼的潜质，你伤心归伤心，却总相信自己的孩子本性是善良的，那么，他很有可能比你所能想到的更坏。

永远不要与人性为敌，这样你可以少吃很多苦，少受很多伤，少走很多弯路。

婚姻中，什么才是真正的爱？

大概是怀孕七个月的时候，某天早晨醒来，我觉得身子特别酸，手都握不成拳，于是先生帮我穿衣穿鞋，照顾我起床后才去上班。

然后，我在朋友圈开玩笑说我现在生活半不能自理了，但终于过上太后的生活，有人帮忙穿衣穿鞋，也挺好的。

很多人留言说女人怀孕十个月确实辛苦，不过有老公精心照顾，那也是一件很幸福的事。

只有一个留言问我几个月了，我说七个月左右吧！

然后她说才七个月你就这么矫情啊，我生的前一周还在给全家人做饭、洗衣打扫呢！你太夸张了，不就是生个孩子吗？

她说的确实是一部分事实，老实说，我只是刚醒来的时候有点不适，过了一会儿也就好了，不至于真的生活不能自理。如果先生出差了，我自然也得自己起床，不可能在床上躺一天。

但夫妻嘛，偶尔撒个娇、偷个懒，不是很正常的吗？

换作二十多岁的年纪，我可能会和她掰扯一番，但到了现在的年纪，再也没有这种心情了，各人有各人的过法吧！

只是，我始终无法认同这种做法。

就说这位大姐的婚姻吧！

她是我以前的对门邻居，人挺好的，也很能干。有一次，我忘记带钥匙了，就在门口干等着，她出来倒垃圾见我蹲在那里，就问我怎么了，我说我没钥匙，等人来给我开门，于是，她就热情地邀请我上她家去坐坐。

她家很干净，看得出来她是个很贤惠的女人。

那时候，正好是晚饭时间，她做了好几个菜，色香味俱全，问我："你还没吃饭吧？"

我尴尬地笑笑，说："不了，多我一个外人你们多不自在啊！"

她说："没事没事，我老公打电话说不回来吃饭了，正好菜做多了，你也尝尝我的手艺。"

不得不说，她的手艺真的很好，我家里所有人加起来也比不上她。

我说："我们家没一个人会做菜，不是咸了就是淡了，我从来没有吃过这么好吃的家常菜。"

她一听，热情地说："不是我自夸，吃过我做的饭的人，都说好吃，你要是想学的话，我教你啊！"

呃……我确实觉得她做菜很好吃，但我根本不想学啊，我对厨艺是免疫的。

于是，我婉拒了她的好意。

她忍不住开始和我讲为妻之道："女人怎么可以不会做菜呢？以后你有了老公孩子怎么办？"

呃……我从来没想过这么远啊！

后来，我们渐渐熟了，她家孩子的数学不太好，她又不懂这些，就经常来问我。

偶尔我们也聊一聊，基本是她说我听。

这是一个婚姻中很寂寞的女人，老公在一家小公司里当主任，那个公司我没听说过，应该不大，但他搞得自己比总理还忙，经常不回来吃饭、典型的官不大，脾气不小那种。

比如她和我说在怀孕期间，她的脚指甲长了，自己够不到，想让老公帮忙剪一下，结果老公不愿意，说自己不会干这些，于是，她只好自己费劲解决，剪得坑坑洼洼的。

但她老公使唤她做事时，毫无心理压力，认为女人干家务天经地义。

当时我气愤地说：“你让他帮忙剪个指甲都不行，那他叫你做事的时候，你也别理他啊！”

她嗔怪地看了我一眼：“你还年轻，婚姻哪是这样的啊。男人基本都懒，要是像你要求这么高，这世上有多少对夫妻要离婚？”

我心想，如果都像我这样，根本就不会和这样的男人结婚。

还有一次，孩子感冒发烧，她老公在网上聊天，她说：“我们一起去医院吧？”她老公不耐烦地说：“不就是个感冒发烧吗？不去医院都会自愈，这么多人去干吗？要去你自己去。”

于是，她只好自己带着孩子去医院，又是挂号又是拿药，忙得顾前难顾后。

当时，她也会生气有怨言，但这股气往往持续不了三分钟，回来之后，她照样会给老公洗衣做饭，无微不至地伺候他，只是时不时地要找人抱怨一下，以达到心理平衡。

我说她："你干吗这么委屈自己啊。"

她说："这不是委屈，是爱，当你爱一个人时，你就不会计较这些了，爱一个人就是要对他好，让他高兴，等你结婚就懂了。"

后来，我真的结婚了，却得出一个完全相反的结论：这种付出，根本不算爱，甚至是一种害，把自己的老公精心打造成了一个渣男。

我经常遇到抱怨老公奇懒无比的姑娘，她们的老公似乎从一个学校毕业的，表现惊人地一致：回到家要么玩游戏，要么看片子，就算老婆忙得脚打后脑勺，也不会想着搭把手。

以前听到这样的事，我会觉得这男人好渣，不配当人老公，但看多了渐渐发现，这些男人其实一开始不这样，起码在结婚前都能够做到生活自理，也不算多懒，但是结婚没多久就渐渐变成了这副模样。

而他们的老婆基本上也是一个模子刻出来的：结婚后，家务全包，把照顾老公和孩子当成妻子最重要的责任。虽然她们经常抱怨老公越来越懒，生活没有一丝喘气的空隙，但她们一边抱怨一边忙碌，最终成为一个死循环。

其实，婚姻中有很多相处模式，如果享受这种忙碌与付出的感觉，那也没什么，但她们内心其实是有怨言的，她们也希望自己的老公能够温柔体贴，但她们的行为往往背道而驰。

而这种行为最大的危害，远非这些。

女人把所有事都做了，男人对家的感情就淡了，在这点上，女人和男人有天生的误解。女人总认为，我为家、为你付出了那么多，你忍心辜负我吗？但事实上，男人会不会放弃自己的婚姻，主要取决于他自己在婚姻中的付出程度，如果他在婚姻里付出很多，自然会更珍惜婚姻，如果付出很少，舍弃的时候，也就没那么心疼了。

而女人在婚姻里付出过头，自然剥夺了男人付出的机会，虽然说男人出轨是他自己的道德问题，但客观地说，跟女人的行为还是有一定关系的。

比如女人把所有事都做了，那么，男人就空出了大把时间，女人把为家付出的机会全部占了，男人就付出得少了，付出少了，感情自然就淡了，自然没那么珍惜。

一个男人有了大把空闲时间，又对家没有太深的感情，他出轨的概率也就大大提高了，最终，也就变成很多女人口中的渣男。

婚姻中，真正的爱不是低价值的付出，而是双方共同成长，既不是拼命索取，也不是拼命付出，而是和伴侣建立一个健康的相处模式，彼此都感到舒适。

我相信，在婚姻中付出过头的女人，内心是希望经营好自己的婚姻，让对方感激自己的付出，从而善待自己，不离不弃，但这种行为往往事与愿违。

因为这种行为最容易让对方变成一个懒得付出、毫无家庭责任感、冷漠无情的渣男。

曾经有人说过：在婚姻中拼命付出的女人其实挺恶的，她们剥夺了对方成长的机会，又占领了道德的制高点，她们就是为了证明，如果将来有一天，男人离开自己，就是他狼心狗肺，而自己是百分百的受害者。

一个女人，如果真的爱自己的老公，那么就应该帮助他成长为一个呵护妻子、疼爱孩子、富有家庭责任感的好男人。

付出是最没含金量的事，只要一味去做就是了，让彼此共同成长才是考验一个女人智慧的地方。虽然说每个人的成长都得靠自己，但帮助对方成长也是婚姻的意义之一，因为他成长得越好，最受益的人就是你。

三观正的女人，到底是什么样的？

有位二十出头的小姑娘疑惑地问我："晚情姐，现在网上到处是关于三观的文章，比如结婚一定要找三观契合的人，妈妈三观正，是家庭最大的福气，可到底怎么样才是三观正的女人呢？三观正的女人都是什么样的？"

我觉得这个问题问得实在太好了，在人人都谈论三观的年代，可能有些人连三观是什么都不清楚。大多数人在谈的三观，仅仅是指价值观而已。

真正三观正的女人，要求是很高的，不是刻苦努力、不占别人便宜，就算三观正了。那么，什么样的女人，才算三观正呢？

简单地说，三观就是指传统意义上的老三观，即世界观、人生观、价值观。

世界观是指人们对整个世界的基本看法和根本观点，大体可以分为两个根本对立的世界观类型，即唯心主义世界观和唯物主义世界观。

人生观是指对人生的看法，简单地说就是我们活在这个世界上的目的、意义和价值。人生观是由世界观决定的，也受所处的社会和阶级影响，是一定社会历史条件和社会关系的产物。不同的时代有不同的人生观，不同的阶层也有不同的人生观，它受世界观的制约。

价值观是一个人在世界观和人生观的影响下，在认识事物价值时的基本看法和观点，最核心的就是价值取向和价值排序。可以说，价值取向和价值排序是决定一个人行为的最核心心理因素，有什么样的价值观，就会做出什么样的行为。

所以，三观正的女人，必然包含以下几个特征。

第一，有远见、有思想。

很多女人这一生几乎都是围绕男人开展的，男人好了，她就好了，男人不好了，她的世界就毁了。常常因为男人的一句话琢磨半天，每天想着如何取悦对方，如何依靠对方。可以说，但凡这么想的女人，已经落于下乘了，当你所有的一切不是建立在自己的基础上，就算得到了，也充满不确定因素，别人可以给你，同样也可以收回。

而有远见、有思想的女人，会从自身出发，即使现在一切美好，也不会耽于安逸，她拥有远见卓识，知道人生是一个漫长的过程，其中会有很多无法预料的因素，所以她永远不会放弃增加自己的砝码，以便应对人生给出的各种考验。

这样的女人，往往是生活中的典范，她们优雅从容，爱情事业双丰收，不是因为她们命好，而是她们早早明白了人生的真谛。

第二，有胸襟、有格局。

对于女人而言，这一点往往难以做到，大多数女人一生都局限在小家庭里，为了一点鸡毛蒜皮的事耿耿于怀、斤斤计较的女人最是常见，她们一生都很难突破眼界与格局的局限。

我经常遇到这样的求助，比如因为别人说了一句什么话，难以释怀，需要开解；自己跟人打招呼，对方却没有回应，希望分析出三四五六来；自己有东西都给室友吃，室友却没有给自己吃……

坦白说，我真不觉得这些算是个事儿，笑一笑也就过去了，没什么好纠结的。

但这取决于一个女人的胸襟，对于心大的女人，这些都不是事儿，估计很快就忘了；对于心小的女人，这些就是天大的事，不分个子丑寅卯的，绝不能算，于是，自己和自己较劲，既不肯改变自己，也无力改变别人，不如意的事越来越多。人生是有限的，如果事事都要计较，该有多累？

第三，不自私、不圣母。

人一旦自私，三观肯定正不了，当然，不是说人要绝对无私，而是说人的自私应该在正常范围内。

有人说，人都是自私的，是的，从天性上讲，人确实都是自私的，但后天的学习和社会化过程，会使人克服和约束自己的行为，因为正常人都明白，一个极端自私的人，是难以和别人交往的，谁也不比谁傻。可是，这是对于明理的人而言，至于那些三观不正的人，首先考虑的不是事情的对错，也不是客观地去看待事情的本质，而是看哪种观点对自己有利。

她们的三观不是固定的，而是随着利益而变化的，她们永远站在利益获得那一方。比如结婚谈到买房子，她们会认为这都是男人的事，从古至今，男人养家糊口不是天经地义的吗？但是若讨论到男女地位问题，她们立刻高举现代男女平等的观念，开什么玩笑，大清朝都亡一百多年了，男女早平等了好不好？

但还有一个极端就是圣母心泛滥，她们判断一件事，不是看事情本身的是非对错，而是看谁是弱小的一方，她们永远站在弱势一方说话，为那些弱势的人挑战道德、规则、法律开解，寻找合适的理由。

这些人看似同情心十足，其实极大地妨碍了社会的“公序良俗”，而最大的问题是，因为她们的扭曲价值观，很难教育出各方面都出色的孩子。

第四，积极乐观不偏激。

没有谁的人生永远一帆风顺，有的人遇到挫折，立刻一蹶不振，然后偏激地看待整个世界。最典型的例子就是由于见识不足，爱上渣男，然后得出“天下男人没有一个好东西”“没有一个男人不出轨”这种结论，这就是典型的三观不正。

三观正的女人爱上渣男的可能性很小，不过由于年纪和阅历等因素，也会遇人不淑，但三观正和不正的最大区别就是：三观正的女人往往从自身找原因，善于分析、总结、反思，然后依然热爱生活；而三观不正的女人，往往喜欢从他人身上找原因，善于迁怒、推卸、以偏概全，然后到处散播负能量。

其实，三观正还有很多要求，但大方向上便是这几点。事实上，符合这几点要求的女人，就已经不多了。比如一个女人勤劳善良，为了老公孩子默默奉献自己，对待朋友邻居也和气热情，那么，她是不是一个三观正的女人呢？只能说她是个好女人，但其实和三观正不正关系不大。

所以，做一个三观正的女人，不是件容易的事，必须方方面面提升自己，才配得上“三观正”这三个字。

其实，古代那些真正的士族望族（以德行修养治家，而非以权势治家的世家）择媳倒是挺符合“三观正的女人”的原则，他们希望一个女子有远见卓识，能担负起培养下一代接班人的重任，这不仅仅是要把孩子养得健康，而是成为这个家族的中流砥柱；为人要公平公正，操持得了后院的中馈，能够服众，使家族更加兴旺。

而现在，自我渐渐苏醒的年代，女人的舞台更大了，每个人都可以选择成为一个什么样的女人。不过在当今社会，一个没有自我的女人，绝对不能称之为“三观正”，所以要成为“三观正”的女人，挑战就更高了。

但不管现在社会对女人的要求有多高多苛刻，做一个三观正的女人，依然是女人的首选，因为这样的女人不仅仅能改变家庭的命运，教育出出类拔萃的孩子，甚至可以旺三代。那么，为了自己，为了孩子，为了家庭，何辞辛苦?

为难女人的，往往是另一个女人

春节前夕，我回娘家送礼，我妈说暖暖比我早一天回来，我挺高兴的，虽然我们是发小，但现在分别在两座城市，好几年没见面了，于是我放下东西就打算去找她。

我妈阻止了我，说现在别去，昨天晚上暖暖和她妈吵架吵得非常厉害，这会儿去不太合适。

我惊讶地问为什么吵架，我妈说因为钱的事。

暖暖下面还有一个弟弟，只比她小两岁，今年订了婚，打算过年后的正月里就结婚，毕竟也老大不小了。

但我们这里彩礼很重，除了一些特殊情况，一般最低的也要二十多万，中档一点的三五十万，如果条件再好一点，百万的也比比皆是。虽然并非每户人家都拿得出这笔钱来，但因为攀比之风盛行，即便是借，也要凑足这么多钱。

本来暖暖的父母也拿得出这笔钱，但因为她妈妈买彩票，花了三十几万，把彩礼钱花个精光，眼看儿子婚期临近，要是拿不出彩礼，那可就丢脸了。

于是，她把主意打到女儿身上，让暖暖出这三十万彩礼，给弟弟结婚。

暖暖的情况，我大致了解一些，虽然见面少，但平时会在微信上聊一会儿，暖暖结婚前工作不错，收入还可以，老公是技术工程师，收入也挺不错的，结婚之初两人就一起全款买了套小房子。

后来，女儿出生，他们又按揭买了一套三居室，并把婆婆接过来照看孩子。但一段时间后，暖暖发现女儿身上一堆坏毛病，和老公商量后，就客气地把婆婆送回了老家，自己辞职带孩子。

暖暖辞职后，一家三口的经济来源就是老公的收入，好在这几年老公也升职加薪了，养活她们母女绝对没有问题，但要说经济如何宽裕，那也不可能。

而且，现在养孩子不像以前，早教班、少儿英语等都花费不菲，暖暖也经常说钱真不经花，她打算等女儿上幼儿园后，重入职场，只要再坚持一年就可以了。

所以，当她妈妈要求她拿三十万出来的时候，暖暖果断拒绝，说弟弟结婚她会包个大红包祝福新人，但彩礼钱要她出，那是不可能的事。

她妈妈对暖暖的经济状况挺了解的，说她刚把之前的小房子卖了，房款也有五十多万，拿出三十万给弟弟结婚怎么了？亲姐弟之间难道不应该相互帮助吗？

暖暖则认为有钱的情况下出多少彩礼都没有问题，但现在没钱，为什么还要拿这么多彩礼？她已经两年多没工作了，家里所有的开销都指望老公，自己的日子也不是多富裕，所以她坚决不肯出这三十万。

于是，她妈妈什么难听的话都出来了，比如养个女儿比养条狗都不如，狗还会摇晃尾巴，女儿完全就是白眼狼；什么你眼里只有钱，根本没有父母兄弟，以后你有什么事，也别指望我们出一毛钱。

两人就这么你来我往，吵到了深更半夜，她妈妈一大早就跑到我家来控诉暖暖的无情。

我在心里叹了口气，暖暖妈重男轻女不是一点点，以前暖暖就经常为这和她妈吵架，结婚后似乎好一点，毕竟生活有新的重心了。

虽说兄弟姐妹之间应该相互帮助，但也要在既有能力又心甘情愿的基础上，暖暖妈此举完全没有为女儿考虑，甚至有可能毁了女儿的婚姻。

先不说暖暖已经两年多没工作，家里的收入完全靠老公，就算她还在工作，三十万不是小数目，也属于夫妻共同财产，哪里是她说拿就可以拿的。一个男人，在自己家条件一般的情况下，愿意拿出三十万给小舅子结婚用的绝对凤毛麟角，这不是自私，是人之常情。

除了老公，暖暖还有公婆，让人家如何接受自己儿子辛辛苦苦赚来的钱给亲家的儿子结婚这种事？如果强行这么做，以后暖暖在婆家如何自处？

作为父母，要如何自私，才能丝毫不替女儿考虑这些？既然父母丝毫不为自己考虑，作为女儿，就得更多地为自己考虑，否则，这世上就没有一个人是真正为自己着想的了。

好在这么多年，我也了解暖暖的性格，她不是包子女，反而极有主见，相信无论她妈怎么逼她，她都不会妥协。要是换一个性格软弱的人，估计自己的婚姻都悬了。

中午，暖暖妈又来找我妈倾诉，一把鼻涕一把泪地说养女儿没用，结了婚心里就没有娘家，我听得烦躁，觉得她简直不可理喻。

尤其她看见我时，夹枪带棍地问我，如果是我，会不会帮弟弟。

我义正词严地说：当然会帮，但绝不会出钱给弟弟娶老婆。首先，一个成年人，成家立业是自己的事，别说姐姐了，就算是父母也没有这个责任，有多大的能力就过多好的日子，有钱爱出多少彩礼都可以，没钱就一切从简，没必要为了攀比为了面子，叫别人埋单。至于父母，有能力愿意帮儿子分担，那也没问题，但自己没能力，硬逼着女儿贴儿子，那就莫名其妙了。难道女儿没有自己的家庭吗？女儿没有自己的生活吗？

暖暖妈怪叫道："听听听听，我就说生女儿没用吧，一个比一个自私，一心顾着自己。所以老话说得好，嫁出去的女儿泼出去的水，如果靠你们的话，估计我们要直接上吊了吧？"

我冷笑道："我们再自私也不过是凭着自己的努力，一心经营好自己的小家，从来不会想着逼谁给自己几十万。只有真正自私的人，才会觉得别人自私。"

说完，我也懒得看她的反应，打算去附近的公园透透气。

我刚刚出门，就看见暖暖牵着她的小女儿走过来，神情中透着一股落寞。看见我她强撑起笑脸道："我听说你也回来了，就带着宝宝来看看你，我等一下就走了。"

我逗了逗她的女儿，小女孩非常乖巧，脆生生地叫了声阿姨，惹得我一阵心疼。

我有点不舍地问："我刚来你就要走了啊？"

她苦笑道："我也不想的，但这里已经不是我的家，留着也没意思。"

我同情地看着她："你的事我都听我妈说了，你没有做错，错的是你妈。"

她笑了笑："我知道你肯定会这么说，周围的人都觉得我无情，但谁的生活又容易呢？今年股票亏了十几万，我也懒得和她说，说了她只会觉得我是找借口。理解你的人始终理解你，不理解你的人，始终不会理解你。"

暖暖看了看时间，抱歉地对我说："不能和你多聊了，我还要去赶车，晚了怕赶不上。以后有空，到我家来玩，这里和我聊得来的，也就只有你了。"

我点点头，目送她们母女离去。暖暖牵着女儿的小手，母女俩一大一小走在寒风中，我的眼睛突然就红了，愿她和她的女儿，永远如现在这般亲密没有嫌隙。

我抬眼望向苍穹，心里有点悲凉，我们来到这世上，亲人本就不多，如果不是相互体谅相互着想，其实有，不如没有。

最令人心寒的是：为难女人的往往是另一个女人，即使这个人是你的骨肉至亲。

上等社会人捧人，下等社会人踩人

昨天闺密L在群里发了一张图片，是一家新店的模样，我问她是不是要开店，怎么从来都没提起过。

她说："我现在哪抽得开身啊，是橘子开的，你朋友圈人太多，可能没看到，她终于要追逐自己的梦想了，真好。"

我心里有种柔柔的感动，第一层感动是橘子终于做上自己喜欢的事业了，看着身边亲近的好朋友陆续拥有自己的事业，并且都是我们在年少时就约好的：以后我们就做自己喜欢的事，不求能赚多少钱，但求能以自己喜欢的方式过一生。

这个约定到如今已经足足十年，这十年里，我们也一一兑现了当初的约定，活出了自己喜欢的模样。

另一层感动则令我更加动容，这十年来，不管我们的际遇如何改变，我们始终能够为朋友取得的成绩高兴，真心实意地去支持祝福对方。

就如L跟我打趣说：“你们是不是约好的？上午你的新书开始预售，下午橘子的新店即将开张，我在朋友圈里戏称今天是闺密广告日，今天我们的圈子里，被你俩给刷屏了，全部是替你们宣传的。”

是啊，这才是最令我感动的地方，我从没有一一去找她们，但是预售信息发布不到一小时，朋友圈里已经在刷屏了，橘子的新店，也是如此。

我问橘子，哪天开张，过去捧场，她说现在先预热一下，到时候肯定通知我们过去捧场。

我说：“最近比较忙，你记得提前告诉我，我好把那天空出来。”

小学妹问我：“学姐，你最近忙得睡觉的时间都快没了，你有时间吗？”

我说：“没时间也要挤，只要我人在家，一定要去。”

小学妹一脸羡慕地说：“我好羡慕你们这样的感情啊，可是为什么我发现很多女孩子之间总喜欢相互拆台、相互打击呢？”

看着小学妹迷茫的模样，我想起了十几年前的自己。

那年大四，经闺密介绍，我去了一家不错的公司实习，在办公室里做文职工作，给那些前辈打打下手，跑跑腿，一个月后，机缘巧合，被调到了总裁身边。

在总裁身边学习的半年里，我并没有学会多少工作技巧，但在为人处世方面，对我的影响无比深远，甚至奠定了我此后十年的做人方向。

记得有一次，一位朋友新公司开张，总裁叫我把公司的业务梳理一遍，看看有哪些可以拿给他朋友做的。

当时的我思想比较狭隘，心想，估计总裁的朋友那边价格比较便宜吧。

不知总裁是否看出了我的想法，叮嘱我道："不要议价，标价多少就是多少，回头让我签字就行。"

我忍不住说："他说多少就是多少？这样我们不是太吃亏了吗？您对朋友真够义气的。"

那天总裁心情不错："他们对我也一样。送你两句话吧，上等社会人捧人，下等社会人踩人。新公司开张困难比较多，能多支持就多支持。"

后来有几次，我跟着他去应酬，发现他们圈子里奉行的都是这样的行为准则，相互之间介绍客户，有好事首先就想到朋友，谁要去开辟新的事业，其他人立刻鼎力支持。

这样的交往，和我原先以为的生意场上“不是你死，就是我活”完全不一样，那时候我对所谓的上层圈子，有了不同的理解。

另一件事是几年前了，那时我刚刚做翡翠，很多亲朋纷纷来支持，给我信心，其中有一位亲戚选了一个几百块的小件，试探道：“这种几百块的小件送我算了？亲戚之间总不会斤斤计较的吧？”

我笑得春风十里：“你说得没错，亲戚之间哪能斤斤计较呢？我觉得好事成双，要不这种精致的小件你再选一个？另外我家最近缺个那啥，明天我也上你的店里去拖一个吧（我所缺的正是她家店里卖的，单价比她选的翡翠贵十倍）。”

亲戚的笑容僵在脸上，立刻从包里掏出钱来：“我就是跟你开个玩笑，看看你会不会傻得到处送人，做生意哪能这样！”

我笑得更加和煦：“我也是跟你开玩笑的，怎么样，我配合得挺好吧？”

如今亲戚的店生意每况愈下，她说想跟着我一起做翡翠，我拒绝了她，她急了：“你怕我抢了你的生意吗？我保证，绝对不会这么做。”

我直言道：“这一点我完全不担心，你想抢也抢不走，而是我们为人处世差异太大，会相互看不惯。”

我把这两个故事讲给了小学妹听。

小学妹若有所悟地说：“我好像有点明白了，难怪刚才我看你的朋友圈说新书预售才24小时，就已经分榜和总榜第一了，就是因为你们一直相互支持，这样的做法真好！人都是输在格局上的啊！”

确实如此，人与人之间最大的不同，就是心胸与格局，而这一点在女人身上尤其明显。不是我打击女人，而是从普遍概率而言，心胸宽格局广的女人，确实比较少。

去年，我写过几篇关于嫉妒的文章，有的姑娘留言说：真的能够做到不嫉妒吗？看着别人比自己好了，心里好像会很难受。

也有的姑娘说，嫉妒是人的天性，看见别人比自己好，不去使坏已经是人品不错了，要真心祝福，感觉有点强人所难。

我只能说，我理解这种想法，毕竟这也是人性的真实体现，起码这样说的人不虚伪不做作。可是，如果你把格局再放大一点，眼光再放长远一点，你就不会这么想了。

俗话说，物以类聚，人以群分，如果你整天琢磨着如何让别人不痛快，那么你身边一定会聚集一群这样的人，如果你积极阳光、心胸宽广，你身边也一定会聚集很多正能量的朋友。

世俗中，往往以财富来划分一个人的身份地位，于是，有钱人大多被称为上等人，没钱的人就被贬为下等人。但我认为，这种划分是非常狭隘的，真正区分一个人是上等人还是下等人，应该是心胸、格局、智慧、善恶。

其实，做个上等人根本不难，不需要你有很多钱，也不需要你有很高的地位，只要你心胸开阔、眼光长远、三观端正，其实你就是个上等人。另一方面，这样的人不必去追求财富地位，财富地位自会反过来追随你。

这世上，最蠢的一种人就是看见别人好了愤愤不平，一心琢磨着怎么给对方使点坏，怎么把人家从高处拽下来，让他跌入尘埃，看他落魄潦倒，就觉得心情舒畅。

但是请记住：把别人踩下去了，不代表你就上去了，还是那句话：上等社会人捧人，下等社会人踩人，你想在哪个社会里，由你自己决定。

婚外情中，最可怕的是这一点

十年前，我认识小茹的时候，尚未结婚，而她刚刚大学毕业，青春洋溢，性情温和，笑起来甜甜的，仿佛一个邻家女孩，我很喜欢她，她亦和我亲近，总是情姐前情姐后的。

有一天，她在MSN上给我发消息，问我晚上有没有空一起吃饭，她有个秘密要和我分享，我说“好的，老地方见”。

到了约定的地方，我笑着问她有什么秘密要和我分享，不是恋爱了吧？

小茹脸上红红的，恰恰就是恋爱中女子最常见的神态，但隐隐又夹杂着一丝苦恼，良久，她咬了咬嘴巴，鼓起勇气对我说：

“情姐，这事我不知道该和谁说，我谁也不相信，只相信你，你会为我保密的吧？而且，不会看不起我的是吗？”

我心里一咯噔，难道她的恋情违背道德，她喜欢上有妇之夫了？

果然，小茹喜欢上了她的上司，一个有家有子的中年男人。她的上司我也认识，并不觉得他有什么过人之处，但各草入各眼，我不喜欢的，不代表小茹不喜欢。

我问她：“你们发展到哪一步了？”

小茹羞涩地说：“我们什么都没有发生，我只是非常喜欢他，一天看不见他就魂不守舍，我甚至讨厌周末放假，因为只有上班才能看到他……”

我打断了小茹的话：“那他对你呢？”

小茹苦恼地说：“他对我要比对别的同事好一点，但也仅止于此，可是我能感觉到他应该也是喜欢我的，只是碍于自己已婚的身份，不敢有所表示。”

说完，小茹紧张地看着我，问我会不会因此看不起她，以后都不再理她了。

我语重心长地对她说：“不会，我不会从道德的制高点上来指责你，但还是想劝你几句，你可以不去管别人怎么看，也可以不理会世俗的标准，但在这样的感情里，你会很辛苦，甚至痛苦，也许会伤痕累累，这是我不愿意看到的。如果你放任自己的感情越陷越深，他又不能离婚娶你，你会备受折磨。”

小茹赶紧说：“不会的，我从来没有想过要破坏他的家庭，我只是喜欢他，每天能看到他就很满足了，我的要求不多，只要他也喜欢我就好。情姐，你相信我，我真的没有想过要去破坏他的家庭。”

我叹了口气，无奈地点点头：“我相信你现在确实是这么想的，但感情越深，要求就越多，到时候你不会只满足于每天能看到他，如果可以，现在打住还来得及。”

但事实上我很清楚，一个刚刚堕入情网的年轻姑娘，又没有血淋淋的事实摆在她面前，哪里是我几句话就劝得住的？即便有人对她又打又骂，大多也是无法阻止的。

不久之后，小茹告诉我，他们部门进行团建，大家玩得非常开心，她上司喝了很多酒，告诉她其实他也很喜欢她，尤其喜欢她的笑容，只是碍于自己的身份，不敢放任自己的感情。

小茹和我说这些的时候，无比甜蜜，完全是陷入爱情的样子。

我问她：“这样你就满足了吗？”

她点点头说，他明确告诉她自己也喜欢她时，她就满足了，这份感情不是她自作多情，那就已经很好了，她非常满足。

我却并不看好，不是小茹自欺欺人，而是她不知道人的欲望是永无止境的，如果真的那么容易控制，在当初刚喜欢的时候，便已控制住了。

那段时间小茹过得很快乐，和我联系很少，我只能从她的神情打扮上看出她过得很开心，有爱情相伴的日子，总归是幸福的。

但这种幸福并不持久，仅仅几个月，她就越来越失落，每到周末，我会无比开心，但小茹恰恰相反，只要临近周末，她就会情绪低落。她说她最讨厌周末了，恨不得天天上班，我心里明白，周末是他回家的日子，他要回家履行一个老公和爸爸的责任，无法陪小茹。这一刻，所有柔情蜜意都会被打回原形，直到下周一上班，才能结束。

次数多了，小茹的委屈也就渐渐聚集起来，男人对她似乎也有些真情，知道她会难过，偶尔也会借口出差不回家，带着她去外地度假，然后，小茹就会暂时得到满足。

可是，这种弥补毕竟无法从根本上解决问题，只要这个男人没有离婚，他就必然要回家，随着感情越来越深，小茹对此越来越无法接受。

她经常在MSN上迷茫地问我："我真的没有想过要破坏他的家庭，可是每次他回家我真的好难过，想到他要去陪另一个女人，想到他们要同床共枕，我的心就像被凌迟一样。虽然我知道她才是他名正言顺的老婆，可我还是难受，我不想这样的，可我真的控制不了自己。”

我旧话重提：“你有这种感觉完全正常，我之前就告诉过你，感情越深，你的要求就会越多，要出来也越难。如果可以，找一个单身的男人，谈一场阳光下的恋爱吧！”

小茹说她做不到，除了他她谁也不喜欢，她唯一爱的人，只有他一个而已，如果没有他，她的生活只剩下一片苍白。

不管小茹之前如何保证自己并不想破坏他的家庭，她还是生出了嫁给他的念头。一开始她是试探，男人转移了话题，后来是直接表达，男人不敢接茬，而她想嫁给他的念头越来越强烈，她想永远和他在一起，有自己的家，有自己的孩子。

这段过程，足足有三年时间，彼此都搞得筋疲力尽，后来我辞职了，一开始小茹经常找我聊天，后来就渐渐少了。

再后来，小茹给我留言说他明确告诉她，为了孩子，他不会离婚的，小茹说她恨，她想报复。

我不知道该怎么劝她，只能劝她不要冲动，她没有再回复我。

直到有一天，我逛街的时候遇到了小茹，曾经明媚鲜妍的她，短短几年时间，已经变得满脸戾气，神色恹恹的。我们坐下喝了杯果汁，一向善解人意的她，说话夹枪带棍，我的劝解在她眼里是站着说话不腰疼，是不懂感情，不理解她。

我落荒而逃，不知道该如何面对这样的她。好的感情会成就一个女孩，坏的感情会毁掉一个女孩。

走到外面，阳光明媚，一如初见时的小茹，令人唏嘘。

婚外情最可怕的并非道德上的谴责，因为你不当回事，这些指责根本伤害不到你，可是欲望会折磨你，当感情求而不得时，所有的痛苦和折磨便会如影随形。

当初你可能只要一点点就够了，但当你拥有了这一点点，你就会想要更多，当你拥有更多，就会想要全部，可是，一个已婚男人注定无法给你全部。

这样的姑娘，永远是自己的女王

一年前，小区新搬来一户邻居，一个三十岁左右的女人和一个七八岁大的孩子，还有一个三十多岁的男人，经常会带那个孩子在花园里玩，孩子对这个男人极为依恋和喜欢，每次都能看到他们玩得很欢。大概小半天时间，女人也会出现，然后三个人会消失在夕阳黄昏里，但是男人似乎不和她们一起住，经常看见他在晚上驱车离开。

当时我一直以为这是一个离异家庭，但是相处得这么融洽的，真的不多见，所以我不自觉地对这户人家有些好感。

今年，一个机缘巧合，女邻居知道我是写书的，有天晚上在小区碰到我，说有些事想咨询我，不知道方便不。

我原本以为她想问的是感情问题，结果猜错了，她想问的是关于出版的事。这些年来，我陆续出了十几本书，虽然对于出版并不是每个程序都了解得很清楚，但也认识不少出版公司和编辑，想来应该能给她提供一些信息，于是，我邀请她到家里坐坐。

女邻居今年刚刚三十，创办了一家颇具规模的公司，如今已经有五年了。最近她在弄企业文化这一块，想自费出一本关于企业文化的书，可是她对出版完全不了解，问了一下，别人给她开了一个很高的价格，虽然她不懂这一块，可明显觉得对方开的价格高了，更因为这是她想出的第一本书，希望能够找负责的出版公司来操作。

于是，我把自己合作过的比较靠谱的公司介绍给了她，果然，对方的报价只是之前的三分之一。后来她请我吃饭以示感谢，这么一来二去，我们渐渐就熟悉起来。

她是个非常豪爽的人，干脆利落，却不强势，也有着细致与温柔的特质，我很喜欢她。

有一次，我看见那个男人又在陪孩子玩，两人玩得满头大汗，却无比开心，我由衷地说："现在的男人大多只顾着玩手机，肯这样陪孩子的爸爸，真的挺难得。"

当时我甚至还在心里猜测，他们是因为什么分开的，因为在我来看，这个男人无论性格还是爱心，都很不错，而女邻居也不错，这样的两个人，为什么会分开呢？但感情的事，外人说不好，所以我也没问。

反倒是她，听到我这样感慨，咯咯地笑道：“你说他啊？他不是孩子的爸爸。”

我一愣，知道自己猜错了。于是，我也就知道她的故事了。一直以来，对于年仅三十就能把事业做得这么出色的她，我心里还是存了几分好奇的。（谁叫我是个财迷呢？发财之道是我最感兴趣的，哈哈！）

女邻居十九岁的时候爱上了一个男人，那个男人以现在的标准来看，有点混混的意味，大概是应了男人不坏、女人不爱的定律吧，她疯狂地迷上了他，父母给的生活费她都拿来取悦他了，一心只想和他在一起。

两年后，她意外怀孕了，当她满心喜悦地将这个消息告诉他时，换来的却是对方冷酷的抛弃，说自己还年轻，不想被感情和孩子吊死。

然后，他就开始避着她了。怀孕这种事，纸包不住火，很快她的父母就知道了，大为震怒，狠狠地抽了她几巴掌，叫她赶紧偷偷把孩子打掉。

当时的她却不知道犯了哪股子拧劲，执意不肯打掉孩子，父母气过、怒过，可还是心疼她。

妈妈劝她："年轻时犯了错，只要知道改正就好，他是个不负责任的男人，你走过一次眼，以后就当是个教训。把孩子打了，你还有很长的人生。"

她不肯。妈妈压抑住怒气继续劝她："这个孩子会毁了你，你才二十出头，却未婚先孕，以后的路怎么走？"

她却倔强地说："一个孩子就毁得了我的人生吗？那我的人生也太容易被毁了，我自己做的错事自己承担，但孩子是无辜的。"

她爸爸差点气死，给她两个选择，一是打掉孩子，以后好好做人；二是若不听话，以后他们就不认这个女儿了。结果，她跑去找了那个男人，但并非找他复合，而是藏了工具去的，她直接把他打得头破血流，说从此两清。

怀着孩子，父母又不肯原谅她，她试过去找工作，但一来学历不高，二来人家也不愿录用一个孕妇，被逼无奈，她只能在家里开了一个淘宝小店。

她没有隐瞒自己是未婚妈妈的身份，也许正是这一点，打动了很多女人柔软的心肠，又或许是她性格中的坚韧和勇于承担的勇气让别人不忍看她就这样倒下，她的小店很快就做了起来。

她说一直以来，就是那句天无绝人之路在支撑她，她不信一个女人会有过不去的坎。那时候竞争不像现在这么激烈，她做得挺顺利，那段时间除了赚钱，她也不断反思，反思自己的品位、眼光，所以她不怪不恨，只反省自己。

她说她也说不清当时是什么心理，也许就是想与命运争一争，与世俗争一争。

孩子出生后，她依然经营着淘宝店，那些老客户给了她最大的支持，知道她一个人养个孩子不容易，经常介绍生意给她，而她也用心做事，赚干净清白的钱。

她跟我说，两年后，她的淘宝店年收入就过了七位数，她不甘心只做淘宝店，开始去市场考察，想做自己的品牌和生意。

那时候，她已经渐渐成熟老练，中间虽然也失败过，总体上还是在向前发展。

我不是十几岁的小姑娘，虽然女邻居说得轻描淡写，但我知道中间她一定承受了很多我难以想象的困难。

这些年来，她身边一直陪着一个男人，就是我见到的那个男人，他在她低落无助的时候一直支持陪伴着她，给过她很多帮助，可是被伤过一次后，她在感情方面非常谨慎。她说如果结婚，有一辈子时间要相处，婚前多了解一些，实在太有必要。

最后她跟我说，如果不出意外的话，明年请我喝喜酒。回去的路上，我突然想到另一位姑娘的求助，她说遇到了一个人渣，欺骗了她的感情，白白耽误她五年的青春，如今她二十八岁了，高不成低不就的，感觉这辈子已经毁了。

我想起我的女邻居对我说的一句话：要是我的人生因为我未婚先孕就毁了，那我的人生也太脆弱了，没有人毁得了我，除了我自己。

我很喜欢这句话，透着强大的女王范儿。

是啊，谁毁得了你的一生呢？一段失败的感情？一个错误的男人？渐渐增长的年纪？

其实都不能，没有任何人毁得了你，除非你自己想毁了自己。你若内心强大，经受得住人生给予的任何考验，最终，那些挫折和考验，只会使你更强大。

你经受住了别人没经历过的磨难，就会拥有别人难以企及的人生，在这一点上，老天真的很公平。

男人这么差，凭什么还要女人提高自我？

前段时间，有位朋友的会所周年庆，举办了一个女性沙龙，邀请我过去参加。

给我们做分享的是一位女企业家，事业、爱情都非常圆满，她分享的主题是：女性要不断完善自我。

分享环节过后是互动，其中有位女士说："我觉得太不公平了，现在的男人出轨的很多，不求上进的很多，回家油瓶倒了都不扶一下的很多，没有家庭责任心的很多，甚至好赌家暴的男人也不在少数，可是女人呢，忍受老公出轨的很多，一边赚钱一边养孩子的很多，还被要求这要求那的，要改进的也应该是男人，凭什么女人已经这么累了，还要我们不断提高自我？他们配吗？”

她的话触动了在场的很多女性朋友，大家纷纷说：

“就是啊，这个社会对女人实在太苛刻了，男人只要赚钱就可以了，女人除了要赚钱还要家务全包、照顾孩子、孝顺公婆，还得时时防着‘小三’。”

“下辈子我绝对不做女人了，做男人多好？娶个老婆回家，什么都解决了。”

“所以我不愿意生女儿，不是重男轻女，而是觉得身为女人，太累太可怜了。”

“对啊，还要求我们漂亮、有智慧、有能力，我们是人，又不是神！”

……

女企业家静静地听大家吐槽了一会儿，才拿过话筒说：“你们的心情，我完全理解，因为曾经的我和你们想法完全一样。给你们讲讲我的故事吧，等听完了，你们再决定要不要提高自己。

下面是女企业家的自述：

我现在的婚姻很幸福，但其实这并非我的第一次婚姻，给大家讲讲我的第一次婚姻吧！

我和前夫是工作时认识的，那时候我在企业上班，他是代课老师。我从小对老师很有好感，觉得这样的男人才华横溢，文质彬彬，修养又好，即便他不是编制内的，我依然很爱慕他。

就这样，我们结婚了。

代课老师收入很少，根本不足以养家糊口，于是我从企业辞职自己开店。大概我比较有经商天赋吧，开店很顺利，收入直线上升。

积累经验后，我的目标更大了，我把店交给我妹妹打理，自己成立公司，招了一些员工，打算把事业做大。

那几年很辛苦，但成就是喜人的，短短几年时间，我就把一个小公司做成中等公司，员工发展到几百人。

有钱后，我们买了独栋别墅和豪车，前夫的收入还是和之前一样，因为经济收入突飞猛进，他那微薄的收入基本可以忽略不计，他便和我说他不想再代课了，没前途。

我尊重他的选择，告诉他无论他想做什么我都会支持他。他说想代理一个母婴品牌，我觉得这样也好，夫妻两个都有自己的事业，可以一起成长。

不知道他是教书太久，还是根本不具备经商的能力，总之，很不错的品牌，别人都做得好好的，到他手里却做得一塌糊涂。

我没有责怪他，那时候我的公司已经越来越大，他再怎么亏我都承受得起。我告诉他不要有压力，这个不行我们再换一个就好。

就这样，他连续换了四五个品牌，没有一个做起来，我还没说什么，他已经没信心了，说打算先休息一下，想想自己到底适合干什么。

我劝他不要有心理压力，想好了再去做，没想好之前就好好在家休息，咱家不缺钱。

那时候女儿已经上寄宿学校了，他休息的那段时间里，经常约朋友喝酒聊天，渐渐不再提事业的事。

我也无所谓，反正我一个人养家绰绰有余，既然爱他，那么只要他开心就好。为了让他在家过得舒服，我又给他买了一辆豪车，让他出去更有面子。

很多人说娶到我这样的老婆，简直就是男人的终极目标，会赚钱，对老公好，性格脾气好，虽然钱赚得多，但一点都不盛气凌人。我自己也是这么认为的，觉得他再也不可能找到像我对他这么好的人了。

原本我以为我们会这样过一辈子，哪怕这个家都是我在打拼，哪怕他一直没有什么成就，只要一家人和和美美的，我就满足了。

所以，无论在外面多辛苦，我从来没有怨言，可是这么简单的愿望，老天也不肯满足我。

有一天，我原本要出差去武汉，机票行李都弄好了，他亲自送我去机场，但这个航班临时取消了，我只能先回家。我打电话让他来接我，但电话没人接，我心想他可能去找朋友喝酒了，就让司机来接我。

结果迎接我的是什么？

他和家里的小保姆赤条条地躺在我们的床上，那一刻，我不敢相信自己看到的，一度以为自己在做梦。我狠狠地掐了自己一把，很疼。

他们也发现了我，慌乱地到处找衣服穿，我不知道自己是怎么走到客厅的，直到现在，我都经常怀疑那一刻是不是真的出现过。

他和我说是他失意的时候，小保姆主动勾引他的，他一时没忍住，才做了对不起我的事，还说他爱的从来只有我，他保证这是最后一次。

无论他如何道歉保证，我心里的痛苦，一丝一毫没有减少。为了让自己好过一点，我参加了很多女性论坛，也看了很多关于男女相处的文章，每次看见别人说女人应该如何提高自己，我都很反感。

就我自己而言，我一心发展自己的事业，提高自己，体贴老公，照顾孩子，甚至公婆，我都给予了很好的照顾，难道我做得还不够吗？我还要怎么提高自己？

那段时间我过得很痛苦，我想原谅他，毕竟多年的感情不是说没就没的，可那件事又一直如鲠在喉，我怎么都忘不掉，每次我强迫自己不要去想，但梦里依然经常出现那一幕。

我觉得自己快疯了，是我的闺密和我说："你再这样下去真的会疯的，如果你舍不得他，那就必须学会遗忘，好好继续过日子；如果你真的过不去，那就离婚，不要这样折磨自己。”

我想了三天三夜，确定自己无法忘记这件事，我在感情中有洁癖，真的无法接受婚内不忠，所以我提出了离婚。

他不答应，毕竟他从来没有想过要娶小保姆，后来见我心意已决，就开始跟我提经济要求。好在公司财产高于家庭财产，当初因为一些事，他无法从公司获得任何好处，但我也没有过于苛刻他，该给他的，我都没有吝啬，即便很多人说我傻。

离婚后，我进入怀疑自己的阶段，我不明白，我年龄不老，长得不差，衣着品位也不俗，经济、社会地位都很好，不瞒大家说，虽然我已婚已育，还是经常会有异性向我表达好感。这样的我，难道还比不上一个小保姆吗？

那段时间我特别自暴自弃，心想，女人做得再好有什么用？男人想出轨还是毫不犹豫就出轨，既然如此，我又何必这么辛苦？至于要我提高自我，我都当成笑话来听，要提高也应该是男人去提高才是，好好提高一下自己的思想，什么叫忠诚，什么叫家庭责任。

我很感谢我的闺密，在我自暴自弃的日子里，是她不厌其烦地开导我，让我不要失去对生活的信心，更不要失去对男人的信心，好男人多的是，不能因为在一个男人身上吃了亏，就否定所有男人。

后来，我遇到了现在的老公，一个海归企业家，我们从合作开始慢慢惺惺相惜，因为第一次婚姻失败，我不敢轻易放任自己的感情，和他足足谈了四年，才终于决定再次走入婚姻。现在我们结婚已经五年，感情越来越好，他的事业并不比我差，但他很顾家，很照顾我，为人正派，我身边的朋友都开玩笑说，这次我总算把眼睛睁大了。

有一次我问他："我是个离过婚的女人，年纪也不小了，外面一大把年轻姑娘，以你的条件，找个未婚小姑娘一点都没有问题，怎么会看上我呢？"

他说："年轻又不是娶妻的唯一标准，你努力、上进、心眼好，而且能力很强，这些很多年轻姑娘都不具备。最重要的是你性格脾气好，如果我错过你，我一定会后悔的。"

那一刻我终于明白了，女人为什么要时时提高自己，因为只有自己足够好，才能遇到好的人。我当时为什么会看上我前夫？因为当年的我眼界、格局、见识都不怎么样，我婚后的努力，并不是无用功。假如我婚后放弃努力，我连离婚的资本都没有，我离婚后，重新站起来的资本也没有，更别提遇见优秀的男性。

我们提高自己，起码还有转身的能力，否则，我们连选择和转身的能力都没有。

女企业家的故事讲完，台下掌声雷动。

回去的路上，她的故事一直在我的脑海里回放。我很想告诉所有姑娘，未婚时努力，才能遇见更好的男人，远离那些低层次的男人；已婚后努力，才能保持选择的能力，更是为了遇见更好的自己。

这才是很多女人多年后被抛弃的真相

十几年前，家境不错的顾姐不顾周围人反对，毅然嫁给了一穷二白的老公，并把自己的积蓄都拿了出来，支持老公创业。

当时，她老公很感动地说："老婆，你放心，我一定会好好努力，不让任何人看你笑话，给你最好的一切。"

顾姐坚定地点点头，身边的人听说后，一脸嗤之以鼻："甜言蜜语又不要钱，谁不会说？先不说会不会成功，等真的成功了，又有几个男人是不改初衷、不变初心的？到时候，老婆已经人老珠黄，有的是年轻女人来取代。"

也不怪大家如是想，这世上痴心女子负心汉的故事太多，男人富贵发达后，抛弃糟糠之妻的比比皆是。

要说顾姐一点都不担心，那是假的，那段时间她承受了很大的压力，这些压力来自大家的不理解。她知道，在别人眼里，自己就是个傻女子，一个下场不会很好的傻女子，可是，她还是顶住了这些压力。

她老公并没有直接创业，而是找了份楼盘销售的工作。两年后，他辞职自己成立了一家房产中介公司，慢慢向源头靠拢，直至最后独立开发楼盘。

众所周知，那时候是房地产业的黄金时期，造就了一大批富豪，顾姐的老公虽然不是名声响亮的那几位之一，但在这座城市也有了自己的一席之地，家产早就过亿。

果然，名利双收的顾姐老公身边出现了很多女人，不用他主动去招惹，那些女人便如蜂蝶一般纷纷扑上来，到底有没有事，其实谁也不知道。

而此时的顾姐人到中年，岁月最是无情，原本她就不是特别漂亮那种，加上上了年纪，站在成熟稳重的老公身边，横竖看着都不太相配。

那些年轻姑娘表面上会尊重她这个董事长夫人，私底下却极为不屑，觉得她根本配不上成功男人。

周围的人也叹息：难怪成功男人没几个能保住自己的初心，投怀送抱的女人太多，顶得住一次，顶不住无数次啊！

好心人提醒顾姐，要小心外面的花花草草啊，要看紧自己的老公啊！

顾姐洒脱一笑："有些事我可以努力，有些事，我努力也没用啊！顺其自然吧！再说不管出现什么情况，我也不至于日子过不下去。"

大家觉得顾姐这是强颜欢笑。

去年，顾姐老公的公司举办年会，顾姐精心打扮了一番，但站在一身意大利手工定制西装的老公身边，还是相形见绌。

在很多人眼里，顾姐的老公没有跟她离婚已经是仁至义尽了，毕竟董事长夫人的头衔，在外人眼里还是很光彩的。

那次年会，最震惊我们的，是顾姐老公的年会致辞，他说他能拥有如今的一切，全靠娶了一个好老婆，关心他，支持他，不顾一切嫁给他，为他生儿育女，为他操持家务，免去他的后顾之忧，让他得以全力打拼事业。这一生，老婆付出的远比他多得多，也比他更辛苦，所以，他已经签署文件，公司的一切，全部属于顾姐，而他，愿意为顾姐和孩子打一辈子工。

没有华丽的辞藻，没有煽情的表演，但这段话，震撼了在场所有人。顾姐泪流满面，又哭又笑，我们也纷纷湿了眼眶。

发达后不忘老婆的男人太少了，愿意把所有身家性命交给老婆的男人，更是凤毛麟角。

那一刻，顾姐是所有女人羡慕的对象。后来我们得知，不仅仅是公司，家里的其他财产，一直登记在顾姐名下，难怪顾姐会说，不管出现什么情况，日子都不会过不下去。

“顾姐的命真好啊，真是人比人气死人。”

和我说这话的人，是另一位女士，她的故事前半部分和顾姐相同，但结局截然相反。

叫她D姐吧！

当初，D姐也是一门心思支持老公创业，一人包揽了所有家务，老公对她承诺，一定会干出个人样，给D姐最好的生活，让别人都羡慕D姐。

这个男人很有头脑，短短几年时间，就拥有了一家上百人规模的公司，业绩年年快速增长。

正当D姐觉得好日子终于要来临了，却赫然发现老公出轨了。D姐很生气，问他还记不记得当初的承诺，问他对不对得起自己这些年的付出。

她觉得老公肯定会内疚，要知道，这些年她真的付出了很多，为了老公，把好好的工作辞了，专心照顾家庭。婆婆生病，是她一个人忙前忙后，又要照顾婆婆，又要照顾孩子，医院、学校两头跑，婆婆恢复的时候，她整整瘦了十斤。

婆婆是前年去世的，老人的晚年过得很不错，D姐照顾婆婆很尽心，婆婆说亲女儿也不过如此了。

她老公还有一个弟弟，念书、结婚都是D姐一手张罗的，D姐觉得，自己对老公一家绝对问心无愧，老公以出轨来回报自己的付出，那是禽兽不如的行为。

但她也做好了准备，有钱男人嘛，谁不喜欢，偶尔开个小差，她也勉强接受，只要以后不再犯就好，她并不想拆散这个家庭。

结果，她老公一点也不愧疚，对于D姐的指控，他是这样回复的："哪个媳妇不用孝顺婆婆？这是应尽的本分，没有做到，才是一个女人的失职。生儿育女那是女人的天职，你嫁给谁都得生儿育女，不用拿这个说事。再说了，我也没说要跟你离婚，你不缺吃不少穿，还不用工作，早就该知足了，我的事，你不用管。"

D姐哪受得了这个啊，她对老公彻底失望，提出了离婚。但男人并不愿意离婚，要知道，离婚意味着重大财产损失，孩子的归属问题也是个大麻烦，所以他胡来归胡来，并未想过要离婚。正因为这点，他觉得没离婚的男人，已经是好男人了。

D姐见老公不愿意离婚，以为自己拿捏住他了，给他两个选择，一是以后永不出轨，二是分财产离婚。

但在商场打拼多年的男人也不是吃素的，不但以最快的速度转移财产，并且连D姐当初出资的份额都不肯给她，甚至还提出要D姐支付精神损失费，因为D姐提离婚，使他精神受到了伤害。

D姐气得说不出话来，他们的离婚过程没有人知道，但大家都知道结果，D姐只分到了为数不多的现金和一套勉强栖身的小房子。

所以看见顾姐的婚姻，D姐最是意难平，一直觉得顾姐运气好，找了个知恩重情的好老公，自己运气太差，找了个白眼狼一样的老公。

身边的人说起她们两个，也都是这么感慨的。

但很多事情看似是命运的安排，其实都有迹可循。

顾姐老公的成就不是一蹴而就的，在前期打拼时，他没有太多能力回报顾姐，可是他在自己的能力范围内，一直在努力。

买第一套房子的时候，他坚持只写顾姐的名字，刚刚有点余款，自己还没车的时候，他就先给顾姐买了，偶尔需要用车了，才跟老婆借一下。后来要成立公司，大家都知道，公司财产是高于个人财产的，为了保障顾姐的利益，他主动提出要签署协议，不让顾姐没有安全感。这一切，并非等到他功成名就那天才做的，是他在长长久久的婚姻生活里，一直坚持的事。

D姐的老公则相反，自恃在外打拼，家里的事完全不管，哪怕D姐忙得昏天黑地也熟视无睹，他的心理大致是这样的：我已经说过会让你过好日子的，那么你现在付出是应该的。所以，他心安理得地享受老婆的付出，毫无内疚感。

而这个期限，往往就是一生，即便你付出了一生，他的承诺可能也没有兑现，就好比你次次请人吃饭，对方心安理得地享受你的宴请，永远对你说：下次我请你！但是你永远等不到下次。真心待你的人又怎会和你耍这种心眼呢？会跟你耍这种心眼的人，你又怎能指望他真的兑现诺言呢？

所以，男女之间的付出，亦是同一个道理。

真正爱重你的男人，不会让你等上十年八年才回报你，在细水长流的生活里，也许他无法一下做到自己承诺的那样，但他会以自己的方式尽可能地回报你，他会让你感觉到，你所有的付出他都看在眼里，记在心里，并且会给你回应，因为，一个有骨气、有良心的男人，无法心安理得地享受女人经年付出而熟视无睹，倘若他在这个过程中真的安然受之，那么多年以后，他辜负了你，那不是意料中的事吗？

这才是男人出轨却不离婚的“真相”

周末和朋友一起吃饭，那家餐厅刚开不久，菜非常不错，但人气不旺，我们的左边坐着两个女人，其中一个似乎遇到了什么难事，另一个在宽慰她。起初她们顾忌旁边有人，声音不大，但说到激动处，声音渐渐就大了起来。

原来，其中一个女人的老公出轨了，她不知道该怎么办才好，就约闺密出来，希望对方给她出个主意。

女人显然不愿意听到这番话，激动地说：“你怎么帮着那个女人说话啊，我要是离婚了，岂不是给他俩腾地方？现在我不离婚，他们怎么着都是名不正言不顺的，我绝对不会离婚的。”

闺密叹了口气："你这又是何苦呢，你看看你，这事才发生一个月，你整个人都变了，妆也不化了，气色也不好了，看着仿佛老了十岁，我真心不愿意看到你把自己的大好时光浪费在一个已经不爱你的男人身上。"

女人更加激动了："你怎么知道他不爱我了？如果他不爱我了，为什么不跟我离婚？我提离婚的时候，他为什么还要挽留我？我今天找你出来，是让你帮我想个办法赶走'小三'，你怎么反而劝我离婚？"

说到最后，女人明显已经带了怒气，闺密赶紧安抚她："我们都十几年关系了，我就是不愿意看你伤心，天天为这么个男人以泪洗面。如果他能和外面的女人断了，真心回来跟你过日子，我当然也会支持你的啊！"

女人听了这番话，脸色才好转一些，平复了下情绪说："这也是我最郁闷的地方，他跟我保证过，绝对不会再和对方联系了，可是我这个月一直在观察他，发现他还是没有断彻底。唉，我真的好累……"

闺密小心翼翼地旧话重提："如果这个男人真的爱你，就知道做出这种事你会有多伤心，可他现在一再伤害你，我觉得你应该找一个真心爱你的人……"

女人不高兴地打断闺密："如果他真的不爱我，我提离婚，不是正中他的下怀吗？可是他不同意离婚，要是他真的爱‘小三’，为什么不顺水推舟离婚，然后跟她结婚？这说明他根本不爱‘小三’，只是玩玩而已，他心里爱的还是我和这个家。”

闺密彻底不说话了，女人显然也觉得闺密太扫兴，随便吃了点东西，两人就离开了。

她们的对话却引起了我的深思。

前几天，后台有位女读者也表达过类似的意思，她说很多男人虽然出轨了，可是死活不愿意离婚，她老公也是这种表现，每次她提离婚，他就苦苦哀求，说外面只是随便玩玩的，老婆才是真爱。这是不是说明男人出轨不离婚就是因为还深爱着老婆，否则，他们干吗死活不离婚呢？

那么，今天我们就聊聊男人为什么会有这种表现吧！

我在很久以前的文章里就写过，一般情况下，男人出轨后要离婚的，起码要具备以下条件中的一点，甚至几点：

第一，他和太太的关系极其恶劣。婚姻关系中，很多人说女人超级能忍，男人不给钱能忍，不给爱能忍。其实男人在婚姻里的忍耐程度和女人不相上下，甚至比女人更能忍。过得不开心了，他们一般会经常不回家或在家像隐形人，但能果断离婚的其实不多，大多会在实在过不下去、忍无可忍时，才动离婚的念头。

第二，他在婚外动了真情，这份感情使他产生了长久相守的念头，他真的爱上了这个女人，不想让她在感情里受到伤害，更不愿意让别人有指责她的机会，所以，他会动离婚的念头。但事实上，这样的男人是极少的，若真的有，其实他也算不上什么渣男，起码他忠于自己的感情。

第三，后面的女人实在太优秀，无论是家世、能力、才华、长相，方方面面都比太太强，尤其是在事业、人生上能让男人达到新高度，遇到这种情况，基本上这个男人无论离婚多难，内心有多内疚，依然会选择离婚再娶。

当一段三个人的感情符合其中一点，甚至是两点三点时，离婚的概率是极高的。

可现实情况是什么呢？

第一，很多男人和太太的感情不会如胶似漆、恩爱缠绵，可大多也到不了水深火热、犹如仇人相见分外眼红那般，大多是不冷不热、不死不活，有很多人形容自己的婚姻犹如一潭死水，大概指的就是这种状态。所以，真正到了一天都过不下去的夫妻其实很少，而且真的到了这一步，往往不需要婚外情，自己就把婚给离了。

第二，有人说，人这辈子最值得惦念的就是初恋，因为这是一个人初次接触感情，充满了新奇、憧憬，投入了全部心思和感情，所以总是念念不忘。可是当一个男人经历了婚姻、家庭生活，甚至生儿育女后，要他再全心全意去爱上另外一个女人，乃至想要和她终身厮守，而不涉及其他利益权衡果断和她在一起，其实是很考验勇气的。当然，老房子着火也很难说，但毕竟不多。

第三，后面的女人实在太出色这种可能性也不高。无论男人还是女人，所能遇到的人，大多和自身条件相匹配，尤其是眼光和见识上，很少会出现之前选择的太太各方面都非常差劲，而后找的女人却无比出色的情况。倘若他自身非常优秀，找的太太不会太差，倘若他自身一般，特别优秀出色的女人又怎会看上他，甚至还愿意当“小三”呢?

在这三大综合条件的影响下，婚外情中能达到离婚必要条件的男人，真心不多，这也是为什么很多男人虽然出轨了，愿意果断离婚的却很少。

除非太太愿意果断离婚，或者被两边逼得不得不做出选择，男人才有可能主动离婚。

但大多数情况下，两个女人往往都在争夺他的宠爱，不会往死里逼，而两个女人各有各的好处，也各有各的短处，很少有一方以绝对性的优势碾压另一方的。

要知道无论结婚还是离婚，本质上都是为了追求更幸福的生活，假如等着自己的未必是更幸福的生活，为何还要去折腾一场呢？

一个男人出轨后，唯一能够确定的就是他绝对不可能真心爱太太，假如他真心爱，绝对不会出轨，这一点，我始终坚持。

但是，凡事都不绝对，不是真心所爱，不等于毫无感情，即使男人出轨了，两人曾经恋爱过、结婚过、生活过，又怎会毫无感情呢？

举个不恰当的例子，我们养个宠物，时间长了，假如它走失了，我们是不是还要伤心半天呢？何况是曾经经历很多的夫妻呢？

只是，这一点是双刃剑，他和你处久了会有感情，和婚外的女人处久了也会有感情，这就是很多男人既不愿意离婚又无法彻底回归的“真相”。

夫妻关系中，最重要的一点是什么

周末，朋友Y夫妻到我们邻市办事，邀请我们聚聚，我本以为是一次愉快的朋友聚会，结果差点成了他们的婚姻仲裁会。

菜刚刚上齐，Y就很认真地问我：“晚情，我问你个问题，假如你一年收入上千万，日子过得很好，你只有唯一一个弟弟，他的经济能力比你差很多，连房子都没有，你会买套房子送给他吗？”

我想了想说：“这得看情况，如果我弟弟遭遇了什么天灾人祸而导致很穷，我会先和先生商量，在他不反对的情况下，我可能会这么做。或者说如果弟弟身体先天有什么缺陷的话，作为姐姐的我既然有能力，多照顾一点也是应该的，我相信我先生也不会反对，除此之外，我不可能送他房子。”

我的话刚说完，Y太太就激动地伸出双手，使劲地握了握我的手：“晚情，我真是太欣赏你了，兼顾情义，又不失原则。”然后，她一脸挑衅地看着Y。

Y继续问：“只有这两种情况你才会帮你弟弟吗？如果你只有一个弟弟、你收入又很高的情况下，你会眼睁睁地看着他受苦吗？”

Y太太白了老公一眼：“算了，你别再问了，你不就是希望晚情说，‘嗯，我会买套房子给我弟弟的。’可是她和你三观不同，给不了你想要的答案。”

Y太太是个干脆爽快的人：“还是我来说吧，我当着你的面说，如果我说的有什么不符合事实或者遗漏的，你再开口。”

Y夫妻结婚之初家境普通，但两人都是有头脑的人，Y谨慎踏实，Y太太聪明多智，夫妻俩珠联璧合，很快就拥有了自己的公司，日子越过越红火。

富裕后夫妻俩不但给自己家换了别墅，还给公婆买了套复式，豪华装修后，请了保姆伺候两位老人，让老人安享晚年。

今年两人更加努力，相互配合，事业更加红红火火，日子一片锦绣。Y太太一直憧憬着两人早日实现财务自由，然后等孩子长大后让他接手公司，夫妻俩就提早退休去享受人生，这也是她一直以来努力的动力。

可是，前段时间Y支支吾吾地跟她商量，他弟弟一家日子过得清苦，而他们有钱，能不能送套房子给他们，而且弟弟的孩子马上要上学了，能不能买套学区房给他们，不用很大，80到100平方米就行。

按照他们城市的一般学区房均价来算，平均四万到五万一平方米，大概三百万到五百万之间。

Y太太当场就怒了，这些年两人赚的钱确实不少，但赚钱有多辛苦多不容易，别人不知道，难道Y也不知道吗?

再说了，Y的弟弟夫妻俩好吃懒做，三天打鱼两天晒网，日常以玩乐为主，实在没钱了就找他们借，从来没还过，看在亲兄弟的分上，她都忍了，毕竟亲人之间也无法算得清清楚楚，她一直以为自己已经做得够可以了。

结果Y居然提出要送他们一套学区房，凭什么啊？凭什么要把自己辛辛苦苦挣回来的家业拱手送人?

Y耐着性子和她沟通，说那是他唯一的弟弟，做人不能老盯着钱，也要讲亲情，否则以后身边钱是一大堆，可是亲人已经纷纷远离，这样的人生有什么意思呢？

但Y太太的想法和他完全不同，她说："当初给你父母买复式，让他们安享晚年，我说过一个不字吗？我鞍前马后地看楼盘，超预算地装修，一点都没有不愿意，那是因为他们年纪大了，我们有能力，就应该尽可能地让他们过得舒服。但是你弟弟夫妻俩有手有脚，就是懒惰，不思进取，他们日子不富裕是应该的，凭什么我要把自己的血汗钱拿出来让他们享受？"

因为Y太太的强烈反对，买房的事暂时搁置，Y的念头却没有消下去，一直试图说服太太，但Y太太也是个坚定的人，说不同意就不同意。

于是，出现了饭局开头的一幕。因为这事，两人的矛盾挺大，Y觉得太太不近人情，把钱看得太重，而Y太太又怒又委屈，觉得老公拎不清。

在这一点上，我完全站在Y太太这一边。

讲个身边的故事吧！

我家旁边住着一位事业有成的男人，而他妹妹一家条件一般，作为哥哥，他经常资助妹妹一家，尤其是对外甥，从小到大，照顾有加，完全当成自己的孩子一般疼爱。

他外甥一看上什么东西是自己父母买不起的，就会上门找舅舅，小时候是玩具，念书时是电脑、手机之类，这种经济资助一直到他毕业时不但没断，反而数额越来越大。

有段时间，他外甥三天两头上门来要钱，基本都能得到满足。直到有一天，他外甥因为吸毒被拘留。

他妹妹上门哭哭啼啼地要求哥哥去把人保出来，他自然动用各种关系把外甥捞了出来，并且告诫外甥，以后不可以做违法的事。

他外甥发誓赌咒，但找他要钱的习惯从来没改，而他也一直继续给钱，只是每次给钱时都加一句：可不能再吸毒了哦！

一年后，他外甥因为贩毒被抓，他妹妹伤心欲绝。他的能力不足以摆平这种事，只好给了他妹妹一笔钱，他妹妹一边擦眼泪，一边说："还是我哥好，我哥对我们一家真是没说的。"

周围的人都说这个哥哥待妹妹一家真是好，我却觉得无比可笑，真正的好不是给钱给物，而是帮助对方成长。

如果仔细观察，我们会发现一个现象：一个家族里，如果其中一人发达了，往往带动不了其他人一起创造更好的生活，反而会滋养出一批寄生虫，既给自己增添无数负担，也会间接毁了对方。究其原因，其实也很简单，主要有两点：大多数人是重亲情的，当自己日子过好了，看见自己的亲人日子清苦，总想着帮一把，亲人不就是这样的嘛，但帮助的方式往往是金钱资助，而不是授之以渔；而被帮助的那一方，见生活有了依靠，立刻产生依赖思想，便不愿意自己努力了，毕竟靠自己努力总是更辛苦一些。

于是，好好的亲属关系，几乎成了赡养与救济关系。

对于父母，我们有赡养义务，但对于兄弟姐妹绝对没有。每个人的生活都要靠自己去打拼，真要帮助，也是从提高对方的能力上去帮助，或者提供成长的机会。

至于给钱给物，除非对方生活不能自理，或者遭遇天灾人祸，否则真没这个必要。

那个未婚先孕的姑娘，后来嫁给了总裁

和闺密Nono一起参加聚会，人影晃动间，我突然看见一个熟悉的面孔，有点惊喜，正想过去打招呼，对方也看到了我，目光匆匆接触后，却迅速避开了。我一愣，似乎明白了什么，只是有点失望。

Nono也看见了，兴奋地对我说："我好像看见Z了，好几年不见，我们去打个招呼？"

我拉住了她，对她摇摇头，Nono狐疑地看着我，我解释道："算了，她未必希望看到我们。其实刚才她看到我了，但她避开了，我刚才暗暗了解了一下，Z现在是某位总裁的夫人。"

Nono愣住了，随即长叹一声：“人性哪！”

我看着Z若有似无往这边看的眼神，很多往事渐渐浮现在眼前。

严格来说，Z并非我的朋友，她是Nono曾经的好朋友。

那是五六年前的事了，有一天，Nono来找我，问我有没有空，能否帮忙照顾她朋友两天，因为她要出差。虽然不知道Nono要我照顾的人是谁，但闺密所托，自然没有推辞的道理，不过心里始终有点疑惑，她朋友得了什么大病吗？只有Nono一个人照顾吗？

Nono也不隐瞒，大概跟我讲了讲，她要我照顾的人就是Z。

那时候的Z年轻漂亮，自身条件很好，追求她的人很多，但是身世很可怜，八岁的时候父母双亡，好在父母给她留了不少遗产，足够她接受良好的教育，直至长大。

也许是从小缺少父爱吧，她对身边年轻的小伙子都没有感觉，独独爱上了一个已婚男人。据她说，那个男人对她很好，既给了她异性的爱，也给了她如父如兄的爱，所以，她毫不犹豫地投入了这段感情。

男人说一定会为她离婚的，只要给他点时间处理，Z相信了他，两人好得如胶似漆。

很快Z就怀孕了，男人试探地问她，是打算生下来还是打掉?

Z说：“当然是生下来了，我从小父母双亡，特别想有一个至亲的人，之前我从来没有催过你离婚的事，但现在我们有了孩子，这件事你要加快速度了。”

男人沉默了一会儿说好的，于是，Z就安心养胎了。

过了一个月，男人跟她说，离婚有点麻烦，因为老婆不合作，开口要一大笔钱，Z想了想说：“答应她吧，我把父母留给我的一套房子卖了。”

Z以低于市场价的价格卖了父母留给她的房子，把这笔钱给了男人。她不在乎钱，如果这笔钱能换回男人的自由之身，那就没什么好心疼的。

但两个月后，男人还是没有离婚，说老婆又反悔了，拿了钱不肯离婚。Z怒了，和男人大吵一架，说可以起诉离婚，男人说他不想做得这么绝，毕竟两人之间还有个孩子呢，他不希望孩子恨他。

怀孕五个月的时候，男人还是没有离婚，Nono知道了，说这男人根本没有离婚的诚意，离婚的可能性不大。

Z当时却并没有死心，她不相信男人会骗她。但随着孩子在肚子里渐渐长大，她的耐心越来越少，只要见面，她必然逼问男人离婚的事。

渐渐地，男人从好言安抚到一声不吭，再到很不耐烦，两人的感情也渐渐走到尽头。

最后一次，Z逼问他到底离不离婚，说他是个骗子，欺骗了自己的感情。男人也怒了，反过来骂Z破坏他的家庭，逼他离婚，是个蛇蝎女人，甚至说自己最爱的人是老婆，两人恩爱得很，为什么要离婚?

那一刻，Z心如死灰，终于承认自己所爱非人，以为遇到了一生所爱，其实不过是镜花水月。

那次以后，这个男人就消失了。

而那时候，Z已经怀孕六个多月了，对于这个孩子的去留，她纠结痛苦了很久，最终还是没有勇气当一个未婚妈妈，所以在Nono的陪同下，去做了引产手术。

她的这段感情，Nono是唯一的知情者，所以Nono理所当然地承担起了照顾Z坐小月子的任务。

可刚刚过去半个月，Nono就有很重要的事要离开一星期，所以拜托我去照顾Z。

我和Z就是这样认识的，得知她的遭遇后，我对她既有生气，也有心疼，而最令我难受的是那个没有机会看到这个世界的孩子。

Z拜托我的第一件事就是让我替她超度一下这个可怜的孩子，我让她安心休息，一定会做好这件事。

超度完孩子，我对Z说那种凉薄自私的男人，早离开早好，但那套房子的钱必须拿回来。

Z有气无力地说这次引产元气大伤，她哪里还顾得上这种事，再说她一个弱女子，怎么斗得过那男人？

也许当时年轻气盛，看不惯渣男毫发无损，我说我是法律专业毕业，我的同学大多是律师，如果她相信我的话，我想办法帮她要回来，等Nono回来后，我们一起去做。

不得不说，渣男都是纸老虎，一怕利益受损，二怕坐牢吃官司，钱要得比想象中容易很多。

当我把这笔钱给Z的时候，Z的身体也恢复得差不多了，她感激地对我和Nono说："我从小无亲无故，又识人不清被渣男伤害，谢谢你们在我最困难的时候帮我，这份恩情，我至死不忘。"

后来，Z说她想重新开始自己的人生，要去国外留学，我和Nono都赞成她重新追求自己的人生。

后来，Nono和我都开始创业，忙得脚底朝天，我们的联系渐渐就少了，几经周折之后，彻底断了联系，更没有见过面。

没想到再见时，竟然是在这样的场合下，也没想到Z已经成了总裁夫人，更没想到，Z再见我们，没有欣喜，眼里只有深深的惧意与防备。

我虽失落，却也理解，毕竟我和Nono是唯一知道她的曾经的人，只是她如此防备我们，我们还是有点受伤的感觉，所以，聚会组织者那里有所有人的联系方式，但我们再没有去打听对方的联系方式。

回去的路上，我和Nono一路走着，聊着以前的事，Nono说："以后帮人不能太越界了，大恩即大仇啊！"

我笑笑说："那也不一定。"

正说着我们的手机同时响起，我打开一看："很意外今天看见你和Nono，谢谢你们曾经对我的帮助，原谅我没有勇气上前，我如今的一切来得太不容易，我希望那件事不会有其他人知道。"

落款是Z，我在心里叹了口气，Z还是不相信我和Nono，也许拥有的东西多了，人就会变得患得患失吧。

我回：我不记得曾经帮助过你，你可能发错了，再见！

我想，我们都懂对方的意思了吧！

只想让你付出的人，越早绝交越好

前段时间，我在娘家住了几天，有一天小姑姑把我们所有人召集起来，义愤填膺地向我们控诉她得到的不公正待遇，要我们评评理。

事情很简单，十几年前，小姑姑认识了一位贵人，从此事业飞黄腾达，直到今天。小姑姑有个最大的特点，就是特别注重家族关系和邻里关系，优点是人来人往好不热闹，缺点就是很多事情往往扯不清摆不平。

而和她交往的人中，有户人家是我最不待见的。从小姑姑发达后，他们便想尽办法占她的便宜，比如看见她哪件新买的衣服漂亮，就说："你这衣服好漂亮啊，帮我也买一件吧！"买完后，自然是不会给钱的；比如他们家里要用钱了，肯定会来找她借钱，自己家的钱存起来生利息；再比如，家里老人生病了，就来找我小姑姑："我妈生病了，你知道我们人头没有你熟，你在医院有熟人，带我妈去看一下病吧！"看病的费用自然就我小姑姑出了。

这么多年来，我们家谁都恶心这家人，但小姑姑好像付出上瘾了一般，不管我们如何劝她，她就像眼盲心瞎一般，无休无止地付出。我受不了地对小姑姑说："看来人还是脚踏实地经过打拼才能拥有识人的眼光，像你这样走狗屎运突然发达的人，根本无法驾驭财富啊！"不仅如此，如果他们的要求小姑姑没有满足，或者满足得不到位，人家就会甩脸子，这次也是如此。

对方的母亲生病了，他们让小姑姑帮忙陪着去医院，可那天是小表弟开学的日子，小姑姑没空，毕竟儿子是最重要的，于是她说要去学校，对方说："你家里又不是只有你一个人，你侄子、侄女都可以送你儿子去学校，把老师的话记下来不就可以了？"结果，我小表弟闹死闹活必须妈妈去学校，小姑姑就去了学校。

本来是完全正常的事，可是对方觉得受到了莫大的伤害，说什么事能大过生病啊？觉得我小姑姑太不近人情了，于是为了表示他们的愤怒，他们决定不理小姑姑了。

所以，小姑姑趁吃饭把我们都叫到一起，叫我们评理。我说："恭喜小姑姑，这家'吸血鬼'终于决定放过你了，你应该高兴啊。这种人，甩不掉才郁闷，主动不理你了，笑也笑醒了，就怕过几天他们继续来纠缠你。"

但小姑姑还是很郁闷，觉得自己付出了这么多年，什么都没得到，连声好都没落着，太令人伤心了。

其实，这种结局根本就是意料中的事，一个拼命想让你付出的人，永远看不到你的付出，永远有更多的需求等着你满足。一旦你没有满足，他们会勃然大怒，对你各种指责，他们眼里只有自己，没别人。

去年有一天，有位一起运营公众平台的朋友转发了一篇文章到群里，是另一位文友写的，他说但凡在平台里对你各种苛责的人，比如"你居然接广告了，你就不能好好写文章吗？你变了"，甚至以取关相威胁的人，绝对是从来不会打赏你、从来不会买你的书、从来不会转发支持你的人。

看了这篇文章之后，我但凡遇到那些留言要取关的人，就会顺手点一下这些人的头像，竟然发现准确率达100%，无一例外。

就在前几天，一个人留言说：看你的文章一年了，觉得一点也不好看，还有错别字，这样也配写文章吗？我要是写的话，起码比你强一百倍，所以我决定取关你了。

我顺手点了下对方的头像，果然又一次证实了，互动为0，留言为1（就是取关的那条留言），打赏为0。我从不觉得读者必须要留言要打赏，默默看文本身就是一种难得的支持了，觉得不喜欢看了，默默取关也是一种涵养。但是看了别人的文章一年，离开之前还要如此攻击作者，这样的事，有点素质的人，也是做不出来的。可能他觉得我会因为他的离去而郁闷，可事实上，这样的人，他不取关，我都想拉黑。

还有一次，我早上起来处理平台的留言，看见这样一条：人呢？死了吗？老子等着你回复呢！

留言是早上6点09分留的，我心想发生什么事了，就点开了对方的头像，看到这个男的子夜一点的留言，大意是他女朋友跟他分手了，不接他的电话，也不回他信息，要我出个主意帮他挽回女朋友。

我很无语，心想你失恋整晚不睡觉，我好端端的难道晚上也不睡觉吗？再者，每天的留言起码几千条，能回复的比例本来就不高。但是，这一条我回复了：如果我认识你女朋友的话，我只想跟她说七个字“干得漂亮，分得好”。当然，他以取关相威胁。

这世上，有一种人的逻辑是这样的：你若不满足我的要求，我就和你绝交，我就怎样怎样。确实很多人会受这种要挟，觉得别人离开自己，肯定是自己哪里没做好，可能是自己魅力不够，可能是自己付出得不够多，于是加倍去付出取悦。

后台经常有姑娘倾诉，比如自己家里条件好，所以对亲戚一直多有帮助，然后亲戚的胃口越来越大，她终于满足不了或者不想满足了，对方却勃然大怒，扬言不做亲戚了。为了不交恶，她只好再一次妥协。

比如对方要求自己做十件事，自己把九件做好了，只有一件没有做，于是对方就记恨了。为什么那九件他都不记得，就记得那一件没有做好的呢？可是郁闷归郁闷，倾诉者还是勉为其难地把那件事也做了。

每次聚餐大家都是轮流请客，只有一个人永远是蹭吃蹭喝，不是手机没绑定卡，就是没带现金，不是今天有什么原因，就是明天得了健忘症。唉算了，他是这种人，我们不是，所以我们不跟他计较，继续埋单。

但是，请别忘了，人的欲望是永无止境的，人的忍耐更是有限的，总有一天，你会做不到，或者不想做了，到那时，你的付出依然是一场空，于是，你觉得无比委屈，想不通对方为什么会这样对你。

如果你以自己的观念去分析这种人的心理，自然想不通，因为你根本做不出这些事啊！但他们的观念和正常人不一样啊！所以，他们不会意识到自己的问题，因为他们从来不会觉得自己有错，错的肯定都是别人啊，是那些没有满足自己的人。

最可笑的是，这些人占尽了便宜，稍有不如意就率先发难来“惩罚”你，而那些善良又内心不强大的人，往往会因此郁闷。

当你遇到这种情况时，请换个角度想一想，这些人肯远离你的生活，就是为你的生活做出了最大的贡献，一个一直索取的人离开你都无所谓，作为付出这方的你，还有什么好依依不舍的？难道真的那么喜欢被虐吗？也不要对这些人心存幻想，觉得只要自己付出得多，他们迟早会记得你的好，会在未来的某一天念着你，你听过白眼狼懂得知恩图报的吗？

一心只想让你付出的人，越早绝交越好，这世上，谁离开谁地球都照样转，你的生活中没有这些人，简直就是天高云淡、风清气爽。如果你纵容这些人对你予取予求，你才会让自己陷入无穷无尽的纠缠当中，因为真正在乎你的人，绝对不会这样对你，无论你们的家境如何悬殊、能力如何迥异，在某种程度上，一定是有来有往的。

嫁给这样的男人，才是真正的福气

这个星期，身边有两个人都生了，一个是朋友，一个是同学，分别住在四楼和五楼，这对我而言也是件好事，不用跑两次医院。

我准备了两份礼物，先去了四楼，四楼的是我同学，结婚已经十来年了，一直怀不上，原本以为这辈子都没有儿女缘了，结果不知道是中药起了作用，还是老天垂怜，年初终于怀上了。

如今瓜熟蒂落，看她在朋友圈里晒出来的照片，是一个将近七斤的儿子，我想，他们一定特别开心、特别幸福吧！

我推开门，一股医院病房特有的味道立刻充斥鼻翼，同学躺在床上，她婆婆坐在一边无限爱怜地看着自己的小孙子，看到我进来，疑惑地看着我，我连忙自我介绍：“阿姨你好，我是小雅的同学，来看看她。”

她婆婆说了一声“你坐”，就继续看孙子了。

小雅费劲地想坐起来，我赶忙拦住她：“你别起来，好好躺着，我们就这样说说话吧！”

她婆婆插话说：“我们是顺产，恢复得快，没事的。”

小雅恨恨地瞪了她一眼，压抑着对她说，让她把孩子抱到医院的玻璃房前晒晒太阳，对孩子好。

一听对孩子好，她婆婆非常合作地把孩子包好抱了出去。

她婆婆一出去，病房里的气氛顿时松快很多。

我问小雅还好吗，小雅苦笑着说：“好什么啊，你也看见我婆婆的样儿了，满眼只有孙子，根本没有我，每次叫她拿点什么东西，要喊好几次才行。如果不是我爸来照顾月子不方便，我死都不要她。”

我劝她想开点，刚生孩子的女人，身体各方面都没有恢复，可不能生气，以后要落下病根的。

小雅却突然迷茫地对我说：“以前没孩子的时候，拼命想要一个孩子，可是真有了，我却茫然了，以后的日子不知道会怎么样。”

我怕她继续伤感下去，便故意岔开话题，问她老公呢。

没想到这一问，小雅的眼泪立刻就下来了：“指望他我就惨了，孩子出生时他来看了一眼，拍了几张照片，得意地发完朋友圈就回去睡大觉了，我让他陪陪我，他说他又不懂照顾孩子，何况他妈在这里，既有经验又是女人。可是你知道，就算是很亲密的婆媳，也有很多不便，何况是他妈那种的。他说等我出院时，他会来接我和宝宝的。”

我不知道该怎么安慰她，只是觉得一个男人在女人最虚弱的时候都不来照顾，实在有点过分。

悲伤的气氛让人不愿意久待，当她婆婆回来时，我说五楼还有位朋友也生了孩子，我去看看，便告辞了。

必须说，没有对比就没有伤害。

我到了五楼朋友的病房门前，门虚掩着，欢声笑语从里面传来，让之前的压抑立刻消失不见。

“老婆，我觉得宝宝的嘴巴和你特别像。”

朋友笑得很开心：“这么小哪里看得出来？老公，我们生了两个女儿，你真的不介意吗？”

“傻瓜，书上不是说生男生女是由男人决定的吗？我还怕你怪我呢！两个女儿多好啊，生儿子是名气，生女儿是福气，等我们老的时候，两个女儿再带回两个女婿，我们可幸福了。”

“你真的这样想吗？”

“当然了，你可不能胡思乱想，月子里必须好好休养，你看我的样子，像是装的吗？不管生什么，只要是亲生的，儿女都好。”

我忍不住插嘴道：“就是，只要教育得好，儿子女儿都好。”

朋友老公见我进来，赶紧给我让座：“你这大忙人还来看我们，真的好感动啊！”

我笑着说：“我来查岗的，看你有没有好好照顾我们家小蕊。”

他笑着做投降状：“我哪敢不好好照顾啊！你们好好聊，我出去给晚情洗点水果。”

我没有客气，知道他是故意把空间留给我们说点私房话。

小蕊叹了口气：“原本希望一儿一女凑成一个‘好’字，结果还是没能如愿。”

我不爱听了，忍不住说：“女儿怎么了？我四外婆生了五个女儿，如今福气可好了，我们自己也是女儿，干吗嫌弃女儿啊？再这么想我可跟你绝交了！你现在要考虑的就是好好养好身体，其他什么都别想。”

小蕊扑哧一声笑了："你这口气和我老公一模一样，你们是不是约好了？"

说起老公，小蕊又满脸幸福："我老公真的让我挺感动的，我怀孕后，情绪不太稳定，他一直耐心陪伴我哄我开心。前几天生了女儿，我怕他心里失落，他却一直劝我不要多想，他都喜欢。这几天，他照顾我和宝宝，基本没怎么睡觉，我婆婆看着心疼想替他，让他好好休息休息，可是他坚持要亲自照顾我。"

想起小雅的老公，我突然觉得男人和男人之间的差别，真的比天与地还大。

小蕊还在继续夸老公："我怀孕后，他就把假期攒了起来，说要全程照顾我坐月子，加上陪产假，足足有一个月。我怕他太辛苦，让他不用天天陪我，婆婆主动说她也可以来照顾我，但他不让，他对我说：'虽然我妈人不错，相信她也会照顾好你，但婆婆毕竟不是亲妈，你有个什么事，总是不如叫我方便，而且擦身子什么的，你会拘束，坐月子一定要心情放松，老公陪着是最妥当的。'"

我由衷地说："你老公确实是个好老公，我都替你幸福。"

小蕊点点头说："是啊，他想得特别周到。"

我说不仅周到，而且他懂得设身处地地为你着想，懂得将心比心，这样的男人，非常难得。

经常有姑娘留言说不想和婆婆同住，老公却非要把婆婆接过来，并且认为自己的妈特别好相处，只要老婆和亲妈闹一点矛盾，就指责老婆：我妈这么好相处的一个人，怎么你就处不来呢？

也有姑娘说陪老公回家过年，语言不通，饮食不同，可是老公觉得自己矫情，故意找碴儿，一点也不体谅自己的孤独和彷徨。

男人之所以会这样，一是因为爱的程度不同，很多时候不是做不到，而是因为爱得不够，根本不会替对方想得那么远、那么深。

二是因为有的人生性自私，他的思考重点永远在自己身上，根本没有多余的心思去考虑别人的感受。

可这世上还有一种男人，他们疼爱老婆，感激老婆的付出，将心比心、设身处地站在老婆的角度上去想问题。嫁给这种男人，才是幸福的开始，但这样的男人，并非靠碰运气得来，考验的是你的选人眼光。

感情可能会辜负你，但事业不会

周末，女友F打电话给我，说刚在我家附近的商场里租下一个门面，谈得很顺利，想到好久没有和我见面了，问我在不在家，出来喝杯咖啡。

我一听租门面，就知道她又有新的想法了，也想知道她接下来打算做什么，于是欣然前往。

F已经点好小食在等我，彼此聊了聊近况，她说有个事想和我商量一下。

今年，F的事业非常顺利，业绩几乎是去年的两倍，所以她打算给其中一个员工少量的股份，可是又担心摆不平，所以想和我聊聊利弊，到底是给好还是不给好。

F之所以纠结，是因为这个员工仅仅跟了她三年，而她身边还有好几个跟了她七八年的老员工，她既想好好留住这个让她非常满意的员工，也不希望因此让其他老员工不满。

F说的这个员工我也认识，F经常在我面前夸她，搞得我羡慕不已，只希望自己也能招到几个这样的员工。

叫她丽萨吧！

四年前，F那里缺人手，就开始在朋友圈及一些人才论坛招聘，丽萨是其中一个，但当时F并不怎么看好她，所以也没有通知她来面试。

很快F就招齐了人，这其中自然没有丽萨。半年后，其中一个人离职决定单干，那时候F正打算扩大经营，于是又一次进行招聘，丽萨再一次很积极地应聘，并且给F发了一条很长的消息，希望她能给自己一个面试的机会。F还是不太情愿，觉得丽萨不太适合，但当时可能是被丽萨的执着打动了，就答应让她来试试。

最后的结果，F还是没有录取她，因为有比丽萨条件更适合的人。丽萨提出来她不要工资，能不能给她一个机会让她做做看，起码有客人上门的时候，她总能倒个茶、引个路什么的。

那时候F挺不理解她的，丽萨家并不穷，而且她孩子还小，完全可以先带孩子，不用急着出来工作，但丽萨热切又真诚，F无法拒绝她。

于是，丽萨就暂时过来上班了，F跟她明说的："让你做白工绝对不行，就当试用吧，以三个月为期，如果合适就留下，如果不合适，那我们就好聚好散。"

丽萨很爽快地答应了。

真正开始工作了，F才知道自己差点失去一个得力帮手，丽萨做得完全出乎她的意料。客户来了，丽萨殷切接待，每一个细节都做得非常好，很多客户都在F面前夸奖丽萨。

不但如此，丽萨还时刻想着如何把工作做得更到位，哪些细节可以进一步提升。

不到三个月，F就让丽萨转正了，虽然丽萨做前台做得很好，但F觉得只做接待太浪费了，就试着让丽萨参加一些培训。

培训大多在周末进行，其他员工因为各种事，经常请假，丽萨则相反，有些根本不用她参加的，她都想办法参加。

记得有一次，我去找F，她们正好在搞培训，那天是周末，我看到有个孩子在旁边的沙发上睡着了，问了F才知道，那是丽萨的孩子。很乖巧的小女孩，安静地陪着妈妈来参加培训，累了困了就躺在沙发上睡觉。

那时候我就记住了丽萨。

一年后，丽萨已经成了F的得力助手，用F的话说，丽萨能把里里外外打理好，一点都不用她操心，什么她想到的没想到的，丽萨都能主动做好，所以她才能空出精力去发展其他事业。

很多人觉得丽萨挺傻的，工作差不多就可以了，何必付出这么多，毕竟只是一份工作而已，又不是自己的事业，却搭上了很多自己的时间，到底值不值得啊！

F也曾问过丽萨："你家里又不缺钱，干吗非到我这里来工作呢？"

丽萨说："我很喜欢这个行业，在这里我很开心，至于别人说这不是我的事业，我不这样认为，任何事情要么不干，要干就要干好，无论是自己的还是别人的。"

F深受感动，从那时开始，她就有了给股份的念头，她说丽萨比她还有主人翁精神，完全是把她的事业当成自己的事业了，哪里浪费了，哪里不妥了，丽萨会很着急地改进，所以，她想让丽萨成为真正的主人之一。如果不是担心其他老员工的反应，她早就实施了。

我理解F的担心，作为老板，要考虑的毕竟不只是一己喜好，方方面面都得考虑到、平衡好，才是一个合格的老板。

我想了想说："如果是我，我肯定早就给丽萨股份了。这世上没有绝对的公平，不是资历越深就越有资本，如果无论付出多少，待遇是一样的，那才让人懈怠，反正都一样，何必付出太多。老员工的心情当然要考虑，但是换一个角度想，自己工作做得怎么样，自己没数吗？如果不能接受后来者居上，那自己就得做得更好，如果没有，即便被取代了，也没什么好抱怨的。如果连这一点都不能理解的话，我不介意对方辞职。越追求面面俱到，越是人人都不满意。"

我不知道F最后会怎么做，但我相信她会做出合理的安排，不管怎么说，她想给丽萨股份，就是对丽萨最大的肯定。

我想起前不久，有位姑娘愤愤不平地说他们部门空出一个管理岗位，大家都希望自己能升上去，最后却被一个入职不到一年的新人给摘走了，大家都觉得很气愤，白白为公司付出了这么多年，结果公司竟然把这个机会给了新人，太让人心寒了。

我不太认同这种想法，公司与员工之间首先是雇用与被雇用关系，如果相处得好，渐渐会产生归属感，但这并不涉及付出与恩情这么高的层面，老板不必以施恩者的姿态出现，觉得是自己给员工提供了养家糊口的平台，你付出薪水的时候，员工也提供了自己的劳动，所有的给予都是合理所得；员工也不必夸大自己的付出，如果公司的给予和你的付出真的极度不对称，相信你早就走人了。

所以，你所拥有的必定与你付出的相匹配，你不欠任何人的，同样，任何人也不欠你的。

我命由我不由天

有位小美女问我："晚情姐，我想问你一个私人问题，我看你在文章里说你出身贫寒，这是真的吗？"

我笑着说："如果我在文章里说自己出身豪门、背景惊人，还有可能是因为虚荣而骗人，可说自己出身贫寒就完全没必要说假话了，事实上，我内心也希望自己的出身更好一点啊！"

小美女还是有点不信："可是你表现出来的一点也不像出身贫寒的人，你会古筝，会下棋，会很多东西，品位也不差，而这些出身贫寒的人怎么可能做到呢？这些都是要经济支撑的，家里很穷的人，怎么学得起啊？"

不怪她有这种疑惑，我身边的朋友刚和我接触的时候，都下意识地认为我的家庭不错，包括我先生，也一度认为我家境优渥，是个不懂人间疾苦的女孩子。有时候我也只能放任这种误会，毕竟我不能认识一个人，就抓着人家说我过去的事。

记得刚工作那一年，我去财务部报销，财务部的姐姐和我闲聊，问我：“你怎么会来工作呢？”

我一愣，老实回答：“我得养活自己啊！”

她一副“你别骗我了的表情”，说：“我觉得你家境应该很好，工作不工作无所谓的，我们是没办法，要养家糊口。”

我认真地说：“我也一样啊，不工作会饿死自己的。”

这种误会很多，有时候我也挺无奈的，可能在很多人眼里，所谓贫穷，大概要穿着土气，举止畏缩，一看就令人同情，才符合贫穷的设想吧！

但其实穷有各种各样的，比如我，虽然出身贫寒，但我出生的地方是出了名的富裕之地，知识、信息完全和大城市接轨，不是生活在穷乡僻壤，完全接触不到外面的世界，自然，我身上也不会有那种显而易见的贫穷气息。

我不知道自己算不算一个早熟的人，也可能是受我大姑姑的影响，从小到大，她对我说得最多的一句话就是：“谁叫你投胎没投好，摊上不负责任的父母，一天到晚只知道吃喝玩乐，一点都不知道为你打算，所以你要靠自己，好好学习才有出路，你要是学不好，这辈子就完了。”

虽然小，但我明白她说的是事实，如果我不想这辈子完了，只能努力让自己优秀。

所以我的成绩一直很好，但大姑姑并不满足我只是成绩好，她跟我说："你要多学点东西，这样以后出路才多，你要是不好好努力，以后就和你父母一样，被人看不起。"

我不想被人看不起，所以抓住一切机会，让自己多才多艺一点。

大姑姑本身就是个喜欢学习的人，在她出嫁前的那些年，我和她相处的时间最多，她喜欢看书，上学时期所有的零花钱都拿来买书了，所以家里有好多好多书。当我识字以后，这些书就成了我的最爱，几乎奠定了最初的知识积累。

十岁以后，姑姑们陆续出嫁，但我的学习习惯已经养成，我数学成绩很好，深得数学老师青眼，而他最喜欢下五子棋和象棋，便时常利用空闲时间教我。一个学期后，他已不是我的对手，不过他很高兴，对我说："你下棋的天分很高，善棋者亦善谋。"

不过那时候我根本没想那么多，只是觉得多会一种东西总是好的。确实，后来的际遇也印证了这一点，多学点东西，机会就多。

小学四年级时，我喜欢上围棋，用零花钱买了一副，直到现在，我还记得那副围棋的价格：二十三块钱。

我喜欢得不得了，摸着光洁的棋子，仿佛把自己的人生握在手里，但没有人教我啊！

于是我到处打听，终于打听到有一个医生会，便缠着家人陪我找上门去。那时候的人都比较淳朴，见我上门求教，很爽快地答应教我。

不过遗憾的是围棋只学了个半吊子，毕竟没人和我对弈，也没有系统地学过，不过围棋对于一个人的远见和分析思考能力，绝对有很大的帮助。

上了初中后，我的班主任是个特别博学的人，而我有大姑姑帮我打下的底子，所以在文学认识上要比同龄人超前一些，他觉得我的课外知识很丰富，就有意进一步开发，经常给我一些课外书。那时候他甚至还给我看了五行八卦之类的书，虽然我不是很懂，但也是一个积累。

初中到高中那几年，是我最幸运的时候。那时候我爸认识了一个朋友，给他介绍了不少生意，让他赚了好几笔钱，家里的经济条件一下好转很多，我一直想学的古筝也终于有机会学了，那时候，我买了好多世界名著和古典名著。

我很庆幸抓住了这几年的机会，因为几年后，家境比之前还不如，根本不可能再让我学什么。

其实那时候我也不知道学这些以后会有什么用，但就是觉得会得多，肯定对自己的人生更有好处。

事实上，每一分付出都不曾辜负我。

大四的时候我开始实习，单位是死党介绍的，公司挺好挺大的，因为我只是实习，不可能安排太重要的岗位给我，也就是在总裁办里打打杂。工作非常轻松，所以有很多空闲时间，我本就是一个无足轻重的人，存在感不强，没事干的时候，我就偷偷在网上下下棋或听听音乐。因为我只是一个实习生，对其他人没有任何威胁，所以大家对我都不错，即使知道我在玩电脑，也睁一只眼闭一只眼。

直到有一天，部门里的人都去开会了，留我看守办公室，我正专心下棋，没有发现背后站着一个人，等我转身去倒水时，才看见总裁站在我身后。这一惊，吓得我差点拔掉电源线。

没想到他并没有批评我，只问我下棋多久了，我说断断续续有十年了吧！

后来，他主动加了我的QQ，说他特别喜欢下棋，但经常找不到人，看我下棋，觉得我棋技不错，便想和我下一下。

于是我们成了棋友，我经常陪他下棋，他经常教我一些平时我根本接触不到的思想和经验。

可能有人会觉得我是运气好，我也承认运气确实占一部分，可是如果我什么都不会，运气再好也没用。

那段时间只有半年，但不得不说，我学到的东西是一辈子都受用无穷的，它们丰富了我的头脑，拓宽了我的眼界，拔高了我的格局，使我不会像一般小女人一样因为一点点小事就耿耿于怀，因为一点点得失就纠结不已。所以，直到现在我都奉行一个原则：一定要和优秀的人结交，远离格局小、境界低的人。

实习结束后，我离开上海，正式应聘到一家大公司上班。

当时那家公司要求挺高的，我更多是抱着试试看的心态去的，不过很幸运地被录取了。有一次和董事长聊天时，我问他当时为什么录取我，他笑得非常爽朗，说："一是因为你的学校好，虽然学历并不是最重要的东西，但在你没有正式工作经验之前，它就很重要，因为学历的高低、学校的好坏，说明了两件事，一是在该学习的时候，你做好了你的分内之事，二是说明你学习能力不错，另外我也喜欢文学，那次面试我让所有应聘者写了一篇文章，你的文采最好。"

那一刻我非常庆幸，当年自己漫无目的学习的东西，都在后来的人生中或多或少成全了我。

遗憾的是，工作那几年，我并没有很出色的表现，现在想起来还有点可惜，不过那个岗位接触的全是高层或成功人士，对于拓宽眼界非常有帮助，因为接触的都是精英，他们的谈吐、思想、格局，都在潜移默化地影响我，我想，这才是我最大的收获。

所处的圈子层次高，接触的人自然层次也高，无形之中会把你带到一个更高的地方，也许一时半会儿感觉不到，时间长了，这种区别就显现出来了。

头脑丰盈了，你的谈吐就不会无趣，见识增长了，你就不会局限于眼前的得失。

那几年，我看到很多成功的人都有一个辛苦曲折的人生，看着他们一生经历过的挫折，再对比自己，就会觉得所有的困难都不是个事，甚至它是来成就我的。

你经受不住，那就跌入尘埃；你若经受住了，就会拥有别人无法企及的人生。

原生家庭不好算什么？不过是起点低一点。

恋爱失败算什么？不过是离开错误的人而已。

婚姻失败算什么？不过是重新拥有选择幸福的机会。

事业失败算什么？不过是人生的插曲而已。

我相信，那些经历过苦难、失败却从来不肯认输的人，心中始终抱着一个信念：我命由我不由天！

愿你我共勉！

后记

校完最后一篇，宝宝在肚子里踢了我一脚，离预产期只有几天了，身子笨重得像头熊一样，相信等这本书面世的时候，宝宝已经几个月了。

有人说“一孕傻三年”，这本书的大部分文章是在孕期写的，不知道有没有受此影响，也许会有很多未竟之处，请大家多多包涵！

这一年来，很累，很辛苦，即使怀孕，也没有放下一切安心养胎，但是我喜欢这种忙碌，充实而愉悦，看着自己一步步走向自己的目标，虽然慢，却从未停止，才觉得人生是充盈而美丽的。

这一年来，收到很多留言和求助，很多姑娘认为我是一个幸运儿，夫妻和睦，可以做自己喜欢的事。我告诉她们，其实你也可以的，甚至会做得比我好，我只是芸芸众生里最平凡的一个。

但她们大多不信，有的认为自己没有我的运气，有的认为我不食人间烟火，只是鼓励她们而已，因为她们不知道我这一路是怎么走过来的。

其实，和大多数姑娘相比，我一点优势都没有，甚至还不如这些向我求助的姑娘，我没有好的家世，原生家庭不但给不了我任何助力，从我出生那一天起，就给我的成长之路设置了无数障碍。别人是从零开始，我是从负数开始的。哪怕现在，也时不时地给我添堵，除了日常给钱，经常还要去擦屁股，要说心里一点怨气都没有，那是不可能的，我是凡人，不是圣人。

可是我更明白一件事：抱怨、生气，根本改变不了现状，只会让自己的心态更加糟糕，只有让自己足够强大，强大到这些事影响不了我，更妨碍不了我，才是我的重生。

所以，这些年我从来不敢停止努力，就怕有一天又要回到过去。

每次当我告诉姑娘们，现状是我们改变不了的，但我们还可以努力时，她们往往会愤怒地质问我："你有爱你的老公，有不错的经济条件，可这些我都没有，所以，我没有你的底气，也没有你的强大，你站着说话不腰疼。"

我无法一一向她们解释，这些并非天上掉下来的，为了目前的生活，这些年来，我每天都不敢懈怠，也无法一一剥开自己曾经的窘迫，现身说法地去鼓励她们。

所以，我告诉自己，佛度有缘人，文章也只度有缘人，只要有一个人看了我的文章对她的生活有一点点帮助，我就觉得一切都值得了。

最后，我只想告诉所有遇见这本书的朋友：成年以前的生活，我们无能为力，但成年以后的生活，是我们自己决定的。不管现状多差，不管困难多大，从今天开始，只要你不自轻、不自弃，总有一天，你会过上自己想要的生活。当你认定这一点时，全世界都会为你让路。